EBARGOFIANT

i Angharad, Aled,
Gerwyn, Jason a Peredur

JERRY · HUNTER
EBARGOFIANT

y **Lolfa**

Hoffwn ddiolch
i bawb yng ngwasg y Lolfa,
i'm cyd-weithwyr yn Ysgol y Gymraeg, Prifysgol Bangor,
ac i Judith, Megan a Luned.

Argraffiad cyntaf: 2014
© Hawlfraint Jerry Hunter a'r Lolfa Cyf., 2014

Cynllun y clawr: Sion Ilar
Darlun y clawr: Getty Images

Rhif Llyfr Rhyngwladol: 978 1 84771 872 3

Dymuna'r cyhoeddwyr gydnabod cymorth ariannol
Cyngor Llyfrau Cymru

Cyhoeddwyd ac argraffwyd yng Nghymru
ar bapur o goedwigoedd cynaladwy gan
Y Lolfa Cyf., Talybont, Ceredigion SY24 5HE
e-bost ylolfa@ylolfa.com
gwefan www.ylolfa.com
ffôn 01970 832 304
ffacs 01970 832 782

A Jacob a adawyd ei hunan: yna yr ymdrechodd gŵr ag ef nes codi y wawr. A phan welodd na byddai drech nag ef, efe a gyffyrddodd â chyswllt ei forddwyd ef; fel y llaesodd cyswllt morddwyd Jacob, wrth ymdrech o hono ag ef. A'r angel a ddywedodd, Gollwng fi ymaith; oblegid y wawr a gyfododd. Yntau a atebodd, Ni'th ollyngaf, oni'm bendithi.

— Genesis 32.24–6

1

Dwin biw miwn twł. Nid vi dir 1ig1 sin biw miwn twł nd
vi dir 1ig1 sin biwn y twł sin gartra i vi. Man dwł iawn,
hynydi dydiođim n waeth nar hanvwia o dyła rił. Dydiođim
nłai a dydiođim n vwi. Dydiođim n wlypax nar hanvwia
xwaith erivod n đigon gwlib bebinag hanvwiar amsar,
hwng y dwr sin dod vyni or đaear ar dwr sin hedag lawr
drwr drws. Dydiođim n lawro đrws xwaith mnd tam aid
o hen bren n gorađ ardraws adwir twł acma dwr n hedag
hwng y drws ar đaear đigon hawđ ac ma diono đwr evid,
henwedig adag glaw, sev hanvwiar amsar.

Adeudagwir, dwim n hoi co am điwrnod heb law. Dosna
điwrnod blaw glaw lehwn. Man glawio điđanos ac man
glawion odrwm hanvwiar amsar evid, sin golygu bod
diono đwr dan draeđ n y twł amlax nafeidio a dim nd tam
aid o le six iw gal ar y drawsbren sin wcli acn istale i vi,
acn cadwn six mwineulai drwir amsar herwiđ bod canvas
uwxifen sin golygu bod y drawsbren n six điđanos nd bod
hagor o đwr ar lawr o dan y drawsbren gan vod y dwr n
hedag ođiar y ganvas n frydlonfrydvawr gan greu pwł o
đwr ar lawr o dan y drawsbren.

Dydiođim n bethmada cal pwł o đwr ar lawr sin ławr priđ
nd dnavo, dwin goro biw łi. Dmar 1ig đewis si geni, r1ig1.
Dwiđim n đin međianus nacn veđianđin n ista ari veđiant
nacn etivađ mawr n siarad i etiveđ iaith.

Y twł dwin biw ynđovo iwr 1ig etiveđ iaith aru nhad i gadal i vi. Ebo nhad wrthai xydig cyn i varw,

Wel dma ni, mab. Ti iw vmab, v1ig1, r1ig1 si geni, ar twł ma iwr 1ig etiveđ iaith dwin gadal iti isiarad. Dwin gwpo nadydiođim n ławro etiveđ iaith nd biđ haid iti isiaradhi r1vath. Hi dir 1ig etiveđ iaith si geni i ti, r1ig1. Piti nađoth diono bethmas i vi, i vi gal hoi ławr gweł nar henlawr priđ ma i ti, nd dnavo. Hwn dir twł danin biw ynđovo, r1ig1 si geni, a vi dir 1ig dad si genti, r1ig1.

Nd nid dnar 1ig etiveđ iaith ma nhad digadal i vi, nid n łol, ganivod wedi dysgu ławro bethmas i vi evid. Nid hoi pethmas nd dysgu pethmas, hynydi dysgu ławr i vi. Vel sgwenyđiaith er ang haift.

Sgwenyđiaith dir iaith dwin isiarad wan ac dwin isiarad n weł na neb sin nabyđus i vi, nd sgwrs ma angen wrth gwplaxo bethmas cyncyxwyn. Haid wrth hai pethmas benig er mwin can lin sgwenyđiaith ai siarad niawn, pethmas vel pap ir ac evid pen sil ac sgwrs haid wrth ola cyn isiaradhi ac dydiođim n hawđ cal diono ola n y twł i weld y pot dwin pisio ynđovo hebsonam điono ola i weld iaith sin cal i hoi ar bap ir wrth siarad sgwenyđiaith. Nd isiaradhi si haid. Aru nhad adal hyn o etiveđ iaith i vi, sev 2brivbethma. Nginta twł, sev y twł dwin biw ynđovo, ac nail, bod n wybyđus hevo sgwenyđiaith.

Acłi dwin trio siarad i etiveđ iaith ora gałvedrai. Ac ernadosna lawro bethmas nghlwm wrthi, man etiveđ iaith hynod r1vath, ganvod nhad wedi dysgu nidn1ig sgwenyđiaith imi nd sgwenyđiaith gadarn. Rol dysgu wyđorgynta sgwenyđiaith imi aru o đysgu hiwbethma mwi. Ebo velhyn,

Wanta, dwidi dysgu sgwenyđiaith iti, ac miwti dicymid atin hyveđol ođa, xwarteg. Nd dwi am i xymid hi ivyni hots wan. Dwi am i huwxsymud hi. Dwi am đysgu iti syt ma atal y nod.

Din gowybyđus acevid onabyđus ođ nhad. Din a mwiniben nar hanvwia, velma deud. Acli dođovim n dalt i bethmas nabyđus bobtro. Li aru mi đeud,

Wanta nhad, dwidi can lin dy bethmas nabyđus hidhyn nd miwtidi n lwyrgoli wan. Begebst dir holsonma am atal y nod abalu.

Aru o sbio arnai hevor lygadgrafuna ođ genavo ac aru o styn pap ir i mi, ac aru o styn pen sil i mi evid. Wdn, ebo velhyn,

Dwi am iti hoi miwn sgwenyđiaith y can lin ol. Dwi a nhad n biw miwn twl.

Cymis y pap ir ar pen sil a hoi mewn sgwenyđiaith hevor dul ođ geni aryprid velhyn,

dwi an had nbiw miwn twl

Aru o gymid y pap ir geni wdn, acevid cymid y pen sil, a hoir can lin ol n i sgwenydiaith o velhyn,

Dwi an had nbiw miwn twl.

Wdn navin cravbenu amnhir. Aru o hoi hiw wendeg wdn ac ebo velhyn,

Weldi, nasyt ma atal y nod. Dexra gydag 1 go

vawr i angđos bedi pencintar deud, ag orfan hevor smotyn benig na. Dna atal y nod. Ac 1 pethma rał si geni, seviwhyni, bodn wybyđus hevor co bax ma. Neu velma deud mewn mbał dwł, y cobaxma.

Navin cravbenu to acn byxu velhyn,

Navo, nhad, ma dałtdim arnai wan.

Aru o gymid y pen sil to a hoin i sgwenyđiaith o y can lin ol velhyn,

Radeg, radeg, weldi, hwnma dir cobaxma, mnd pethma bax, weldi, iw hoi hwng geiria, er mwin angđos bod dy go bax din ravu, n mynd n radeg, radeg, hwng dy syniada. Weldi, ma sawl cobaxma n y sgwenyđiaith ma. Velhyn ma siarad cobaxma miwn sgwenyđiaith , , , , .

Ersni dwin dexra vel Hyn hevo 1 Go Vawr i angđos bedi pencintar deud, a dwin dodiben hevor smotyn benig, seviwhyni r1 sin deud bedi diwađ y deud. Velhyn . . . . Gostal ani, dwin hoi cobaxma bobihyn velhyn, łi, a velhyn , , , er mwin angđos ma radeg, radeg mar cobax hwng y geiria. Er mwin ravur deud.

Nasyt ma uwxsymud sgwenyđiaith. Nasyt ma atal y nod. Acłi wrthđeud bod nhad dihoi etiveđ iaith ovawr imi, ernadiwr twł n dwł govawr, dwin synio ivodo digadal sgwenyđ iaith obenig imi. Dwin sio deud hynina cyncyxwyn ar 1hiw bethma rał.

Dwiđim n covio vmami, nd mahi digadal etiveđ iaith ovawr ivi evid, sev r1 vwia po sib, sev vmywydi. R1ig1 siđ geni. R1ig1 viđ geni.

Aru vmam adal cynbo geni gov i hoi amdani, acn hyniobe man debig i hanvwiar dynesa. Hynydi, manhw igid n gadal. Bobn1, bobn2, vuannahwirax. Nid łe i đynesa iwr łema. Dydi dynesa a merxeda đimn biw miwn tyła, manhwn hi gał ihyna, n hi gał olawr. A bebinag, dydir hanvwiar dynion sin biw mewn tyłan bobol ma dynesa a merxeda n sio bod n nabyđus cidhevonhw. Vi iwr plent1 loa sidibod n Rardalama, acłi vmami ođor đynes loa aru adal.

Nd mana gwinvan a xwyntax o dwł i dwł điđanos herwiđ r1ion bethmana. Ma din n gałglwad hiw1 danigwinvan n cwino amnados genavo đynas iviwacaros cidhevovo nidwł. Dwin clwad hiw1 n cwinvan a xwintax wan wrthimi hoir geiriama miwn sgwenyđiaith. Dwin credu ma Simpyl dio. Man deud,

O o o. Dwin v1ig heno. O o o. Łer mar dynesa ar merxeda dimynd. O o o.

Nd manvwi najcst siarad. Mana uwxsymud n łais Simpyl heno. Man levalrał. Bronivodon hoi geiriargan. Sneb n hoi geiriargan điđhwn lehwn. Nid wan. Dwin govus o glwad hai n hoi geiriargan pan ođovin ovanc, pan ođ nhad n i viw. Adeudagwir, dwin hoi co am ambał1 n dotraw in twł acovyn i nhad i hwplaw hoi geiriargan miwn sgwenyđiaith algovaxadal. Nd sneb vith novyn i mi hoi geiriargan miwn sgwenyđiaith. A sneb n hoi geiriargan điđhwn lehwn bebinag.

Toigid ma Simpyl didexra hiw bethma tebig i hynyna. Ia. Waeth i mi eb vel ebis i. Waeth iđeudo mhlwmp ac mhlaen. Dwin credu bo Simpyl dicroesi łineł ymwd heno.

Dwin credu ivodon myndahi i levalrał. Mana uwxsymud n i lais heno. Dwin credu ivodon dexra hoi geiriargan.

O o o. Vin vlig heno. O o o. R1vath điđanos rowndiril. O o o.

Twł Simpyl dir1 agosand1 at nhwłi. Ivi a No biar twł agosa1. Man dwł govawr ac man dwł gobenig evid evo clamp o drawsbren a ławriawn o bethmas blawni. Ma mor six a glan tuviwn. Mor lan nesibodhin anođ hoi coelarfaith bod fasiwn bethma a mwd igal. Nidn1ig mau twł nhwn lan, manhw evid n đynion goglen, y clenia n Rardalama. Gałvedr Ivi a No oswisgo uh1ain n wełoweł na hanvwia evid. Manhwn gweithio điđanos acłi ma mwi o helbethmas ac evid bethmas twvgertwł genanhw iw feirian cidhevor snaxwir. Łi, erbor hanvwian Rardalaman oswisgo diład clwt, seviwhyni, crwin łygomor abału diclwtio atigili acweithia hiw hen đarn o gynvas ditroin glogin ne1 got, gałvedr Ivi a No oswisgo diład Fwrđ ganubonhwn igalo gan y snaxwir. Diład reidneis dio evid.

Ma din renw Alam sin biw hiw hanar lag ifwrđ ac aru o đeud 1tro 1waith argoeđ bod Ivi a No n gwili i Rardalama. Aru o đeud ibodhin gwili inigid gan inbodni 1acoł nbiw n r1ardal cidhevonhw, anhwythan trin igili naiłał vel ma din a dynas ntrin igili. Nd ebo Simpyl,

Pa bethmas wsti am đynesa, axditha heb hoi łygad gosana xanłath na hidnoed hanar lag ar r1 ri oed.

Be aru No i đeud ođ,

Đlet gau twł bax ymhen, y caxstwr. Đlet synio a styried cyn gorigeg.

A be aru No i neud binsith rolni ođ hoi dwrnwynab i Alam nesivodon dindramwnwgl ymwd.

Daxdi, No,

međa Simpyl rolni,

dawan. Dawan. Swni dineud r1pethma n1ion. R1ion 1 pethma.

A snebdi trio tavodvina ar Ivi a No ersni. Gostal ani, ma mwinaxydigo No ovn ar Alam.

Osdi Non đin goglen, 1 govawr dio evid. Afan viđ n hoi dwrnwynab, miviđ n galed, n gletax olawr nar dwrnwynab mar hanvwian gałvedru i hoi. Acłi aru o stwnsio trwin Alam nesivodon đivamgam acn debigi đarn o hiw hen gaboits slwts.

Hiw xdig rolni, doth snaxwir Fwrđ i snaxu cidhevoni vel manhw bobihyn. Spanonin ovanc, midwin ohof o weld snaxwir Fwrđ ganubodnhwn đynion gowanal i đynion Rardalama. Hynydi, ugweldnhw nd nid tavota cidhevonhw, xos dydir snaxwir sin dodma đim ıı đynion goglen velarv. Dwiđim dibod i Fwrđ ri oed, ri oed, nd haid ivodon owanal i Rardalama. Gobrin bod Fwrđyđion n biw miwn tyła. Dwi diclwad bod pobol Fwrđ n biw miwn pethmas mor wanal i dyła agma caboits n wanal i si rwm.

Naxos ma snaxwir Fwrđ n dodma, manhwn meldani er mwin feirian am n helbethmas ni. Ernadosna lawroim nd mwd n Rardalama, ma diono helbethmas da iw byta. Hynydi, caboits, łygomor a si rwmia. Nid helbethma iw caboits adeudagwir, nd twvgertwł gan n bod nin u tyvu ger n tyła. Nhau acn medi, velma deud n mbał dwł. R1ig bethma ma hiw1 n gaɫvedru i dyvu nolew oiawn lehwn điđhwn iw caboits. Ma hiw1 n u hau acwdn n u medi acn cymid adail y caboits au co ginio au byta. Ma hanvwian berwi adail caboits nesivodon slwts, nd ma mbaɫ1 n gaɫvedru hoi adail caboits ar go ginio gowanal.

Wdn, ma si rwmia n helbethmas goiawn. Nid twvgertwɫ, nd pethma ɫol wanal, sev twvngwiɫt. Haid crwydro ngwiɫt i xwilio am bethmas rorvath, sev hel am helbethmas gwiɫt velna. Acɫi ma haid neud casgl o bobol cyncyxwyn ganvod crwydro a xwilio a hel yngwiɫt n gaɫvedru bodn berig. Erbod y mwd ogwmpas n tyɫa ni, sev n Rardalama, nolewođa, hynydi nweđolo saf, ma mwd gwiɫt n drawanal. Ma mwd gwiɫt n gaɫvedru codi, man gaɫvedru discin. Mana dir weđ iđo, vel ođ nhad n raverođeud. Man codin vryn bobihyn ac man discin miwn pant bobihyn evid, ac wrth hoi dir ar weđ velna, gaɫvedr vodn berig.

Co geni glwad nhad n deud bo hiwhai o lehwn dimynd ivynu codi adir, neu hiw vryn velma deudn mbaɫ dwɫ, a be aru nhw weld pan aru nhw gyrađ ir pant roxordraw nd ɫwth o rardalraɫ. Ɫwth o đynion ar vog n discwl am hiw1 o Rardalama. Ia, dynion dir arth ar u boga evo gwewyr fyn, an twɫđynion ni heb u boga blaw fyn codi si rwmia. Cig lavan osbu cig lavan ri oed. 4 on twɫđynion dimarw n u gwaed lehwna điđhwna. Cig lavan osbu 1 ri oed, ri oed. Acɫi ebo nhad nađlaswn vyndodwɫ nd ar vy mog. Din deud caɫ i neb ođ nhad. Caɫ i neb goiawn. Aru o anhog pawb n Rardalama i vynd ar u boga bob1tro manhwn myndodwɫ, acɫi ma pawb n mynd n đynion ar vog evo gwewyr fyn n wasdad hid đyđhwn erco am gaɫ i neb nhad.

Osiw tir ar weđ n wanal i be ma hiw1 n nabyđus evovo man galvedru bodn berig. Dynion dir arth a heini ar u boga n dis cwl mhob pant, n dis cwl ym mhob1 łe cyn cuđ. Evid, osnadwitin onabyđus evor tir ar weđ, galvedr y tirih1 vodn berig. Er ang haift, ososna vwd ahwnan wlib a dwvyn, n snugo traed, n snugo traed hiw dwłđin go an i fodus. Lawrlawr ambith a marw velna evo mwd gwlib ynilygad, mwd gwlib ynigeg.

Pethma nadwy iw marw ymwd velna,

ebo nhad wrthai 1waith. Ac wdn ebo xwanag,

Biđ pob twłđin honon n cal i glađu ymwd yniwađ. Nd ma marw ymwd velna n bethma łolwanal. Marw nadwy iw marw ymwd. Marw arvwd đlasa din, wdn cal i glađu ynđovo, nid marw ymwd.

Aru mi hoi co amni adag marw nhad. Salmwx aru neud amdanavo. Hiw salmwx gogas. Dođon galvedru byta bwyd ai gadw ymol amnhir. Aru pob tam aid đod binsith ałan, trwigeg neu drwidin. Dođ neb n galvedru neud dim, a vinan đaiđim evid. Dim nd ista agwylio. Gweld i vwyd ai waed ai vywyd n pibo ałan oi geg ai din. A dna ni. Ma gan Anghau lawro fyrđ ođwad a gori sax, a dnar forđ aru o đwad a snaflu nhad. Leialoa daru nhad đim marw ymwd, nd ar vwd. Aru o varw ymreixia ivabo adeudagwir, r1ig1. Seviwhwna, vi. Łi aru mi đal nhad ymreixia, hoi cwts amdanavo, acyntan pibo gweđił i vwyd ałan oi din. A dna pan aru o godi wynab a deud velhyn,

Wel dma ni, mab, ti iw vmab, v1ig 1, r1ig1 si geni, ar twł ma iwr 1ig etiveđ iaith dwin gadal i ti isiarad. Dwin gwpo nadydiođim n lawro etiveđ iaith nd biđ haid iti isiaradhi r1vath, hi dir 1ig etiveđ iaith si gen i i ti, r1ig1. Piti na đoth diono bethmas i vi i vi gal hoi ławr gweł nar henlawr priđ ma nd dnavo, hwn dir twł nin biw ynđo, r1ig1 si geni, a vi dir 1ig dad si genti, r1ig1.

Ođovin sio deud hiw bethma velhyn,

Miwti di bod n dad gobenig, nhad. Miwti digadal ławr imi, wir r, sev pethmas tuviwn osnad pethmas tuałan, ac rol pobdim ma pethmas tuviwn n wełoweł olawr. Biđ staw amdanati wan. Dawan, dawan. Obax. Biđ staw amdanati wan. Biđ staw.

Nd aru o varw n binsith wdn, a vina heb eb n1ion papethma ođovin sio iđeud. Aru Ivi a No vhwplaw ihoi nhad ymwd ai glađu. Aru No đeud y geiria argoeđ, sev,

Ed ođ renw ahoid amdanavo. Ed. Acłi Bax Ed ođ renw ahoid amivab, i 1igvab, r1ig1 ođ genavo. Nd ma Ed dimynd ymwd ambith, acłi ma Bax Ed dimynd n Ed wan. Ed viđ ambith, erco amidad. Men a men.

Wdn aru mi hoi camnes at glađvwd nhad a deud y geiria rarverol,

Ed dwi wan, ac Ed viđai hidnes biđ vmywyd n madalami a hiw1 n vhoi ina ymwd.

Nd aru mi đeud hiwbethma łolwanal wdn. Hiw bethma nadođ neb dideud ri oed or blaen n Rardalama. Dwnim ibabethma ebisi o. Nd bo hiw awhiđ didod amdanavi, hiw awhiđ gohyvađ, velsa hiwbethmarał n hoi geiria n ngheg. Łi mavin gorigeg ac ebisi velhyn,

Dwin sio deud xwanag. Hynydi, dwi am hoi geiriargo velhyn. Po sib ma hwn iw trocinta i hiw1 davota velhyn n Rardalama, nd ma hiw deiml geni na viđ troloa. Adeudagwir, dna n1ion y geiria dwin sio u deud. Seviwhyni, trocinta acevid troloa. Xos trocinta viđ troloa, acevid loa viđ cinta acevid cinta viđ loa. Acłi troloa viđ trocinta, acłi mlaen, mlaen, rowndiril hidvith. Twłđin iw pob1 honon. Ma pob1 honon n dodiviw am drocinta ymwd miwntwł ac ma pob1 honon n cal i glađu ymwd miwntwł. Pethmas sin dodovwd dani acłi pethmas sin myndymwd dani evid. Mwd si trocinta a mwd viđ troloa. Hwn si cinta viđ loa evid. Men a men.

Men a men,

ebo No wdn rolimi siarad. Aru Ivi hoi camnes at glađvwd nhad a,

Men a men,

cbovo evid. Aru r1 awhiđ hoi geiria ngheg to acłi mavin gorigeg to ac eb aıınail,

Mwd si trocinta a mwd viđ troloa, hwn si cinta viđ loa, men a men.

Wdn aru pawb hoi camnes nesnbodnigid n sevył vin clađvwd nhad.

Men a men,

ebo pawb, 1łais 1sain.

Plent 1 oni radagni. 1dros10 mlynađ ymwdathwł. Aru mi hoir cwbwl honovo argo erco axadal, acłi gałvedrai hoi co amdanavo hid đyđhwn. Y cwbwlot honovo. Nd daru mim hoi dim honovo miwn sgwenyđiaith radagni, mnd hoi co argo erco axadal. Ma agosi 5 mlynađ dimynd ersni, ac dwim n blent 1 bełax. 6dros10 mlynađ ymwdathwł dwi wan. Oedol 1. Aru hai hwplaw rol hoi nhad ymwd, nwedig No ac Ivi a Simpyl a Hal. Dwi disiarad vetiveđ iaith gora gałvedrai, sev etiveđ iaith nhad. Nd aru mi efro heđiw i swn hen law evo hiw syniad n mhen, hiw syniad n pigo, n hoi brath macw, n hoi brath nadwy tuviwn imi. Sevođhyni, syniad nadwi disiarad etiveđ iaith nhad igid xos dwim dihoi ławro sgwenyđiaith ar bap ir. Acłi aru mi gymid pap ir ac evid pen sil ac wdn aru mi gravbenu xydig a styriad đlaswn i hoi argo axadal ar bap ir.

Hoi argo si haid,

ebo łais tiviwn imi,

hoi argo si haid.

Acłi aru mi hoi dexra arno, sev dexra hoi geiria a ebis duviwn imi duałan argo ar bap ir. Seviwhyni, hwn. Ebargo. Ebargo Ed.

2

Ma hiw bethma hyveđol ardroed. Ia, hiw bethma gobenig, ahwna ardroed bobn1 bobn2 lehwn điđhwn. Mnd đoe aru mi hoi dexra ar vebargo, acłi mnd rail điwrnod iw hoi miwn sgwenyđiaith iw heđiw, ac toigid ma ławro bethmas go hyveđol didigwiđ heđiw iw cyn au hwiso ynđovo.

Pencintar diwrnod aru mi efro ac wdn hoi xydig o vwyd ymol, sevođhyna slwts caboits oer a tham aid o gig łygmor disyxu. Hiwbethma gwlib a hiwbethma six, nasyt ma dexra diwrnod, velrebo nhad namal.

Wdn aru mi vyndir cynuł. Cynuł cyni hwis ahwnan vawr ođo, sev 1 n cyni pawb n i hwis, pob1 twłđin n Rardalama, pob1 wan jacson. Seviwhyni, 10 honon. Adeudagwir, ma 1dros10 n biw n łehwn, nd daru Gas đim dodir cynuł ganivodon lawrwaelod evo hiw salmwx.

Bebinag, cynuł go gyn i hwis ahwnan vawr ođo. Tavota am vyndodwł i xwilio am helbethmas ođoni. Aru Alam ang drwidino, velma o rowndiril.

Dwnim ibabcthına daxin mynu hel yngwiłt. Ma diono lygomor lehwn, n cripian ogwmpas n tyła điđanos. Pabethma dirots osdaxin u hel nagos tan beł, manhwn blasur 1vath n1ion, ar 1vath n1ion iw croen łygmor, hel nagos tan beł. Gwełbosafa, ebavi. Ma cał i neb.

Nasyt ma hoi drysni, Alam,

ebo No wdn,

nasyt ma hoi mwd n łygad, vel witi rowndiril. Danin hel am lygomor lehwn evid, ma pob1 honon n u dal ynidwł tan ymylidwł. Nd tos diono hononhw lehwn, acłi hel yngwiłt si haid. Bebinag, ma diono helbethmas rił iw cal yngwiłt velwstin iawn. Si rwmia. Cerrig. Creiria. Pethmas dodathrevn idwł. Diono xos.

Obax, No, obax,

ebo Alam, n dal ław vyni acn wendeg,

mnd tavodvoxa ođovi. Obax.

Eła,

ebo Ivi wdn,

nd tavodlyvu witi wan. Bebinag, velwstin iawn, ma snaxwir n dod lehwn vuannahwirax. Tosna lawro bethmas iw snaxu cidhevonhw. Łi hel yngwiłt si haid. Gostal ani, man adag mwi ar.

Aru Hal hoi ław vynu wdn. Ebo,

Haid imi ang drwinhini, Ivi. Hynydi, man adag mwi ar, man wir, ałvedr neb ang drwidino ani. Nd haid hel no beł odwł i gal mwi ar. Tos mieri mwi ar nagos, acłi ma haid hel no beł. Hi beł ivodn osaf.

Ia, gwełbosafa,

ebo Alam wdn. Aru No hoi camnes ato a xodi dwrn ac eb velhyn,

Ebosti tho Ivi ma mnd tavodvoxa oɗoti, nd tavotan owiłt witi. Caxstwr witi. Debosti ɗim r1 cał i neb nar 1 doeth i neb ri oed, ri oed. Ðlet gau twł bax ymhen neu miviɗavin hoi dwrnwynab iti.

Obax, No,

ebo Hal wdn. Vodi henwr Rardalama. Mana wyn iwvlewo, blew ibeno gostal a blew iwynabo, ac ma igroeno vel mwd disyxu, n gracia acn gryxa igid. Tosna lawro ɗaint ynigeg xwaith, nd man sevył n sith ac ma ilaison gri. Dydiom n tavota namal, nd man eb cał i neb pan man tavota. Acłi aru pawb stewi a gwrndo. Ac ebo Hal velhyn,

Radeg, radeg. Manwir ma caxstwr di Alam, ma hynan wybodibawb. Łi dwim n gid drwinhini am hel yngwiłt. Dwim n gid drwinhini evo Alam am ɗimbid adeudagwir, nd tavota velhyn dwi. Ebisi vod mieri mwi ar n hi beł odwł, nagid ebisi. Ma gwaniaith hwng hel yngwiłt a hel no beł yngwiłt. Ma hel no beł n vwi perig. Di twłɗin ɗim n nabyɗus evo tir ar weɗ no beł, acłi man herig. Nagid. Na ebisi ana cbavi.

Dawan, dawan,

ebo Ivi wdn.

Cał i neb ebo Hal. Elwxi gid, cał i neb a ɗoeth i neb eba Hal rowndiril. Man hoi co am hiwbethma evid, ebavi. Seviwhyni, cig lavan. Ma hai honon n hoi co am gig lavan nath twłɗynion dir arth ini sbelnol. Łi perig di perig. Gwiragair. Gwiragair. Diolx i Hal amni. Nd dwin sio tavota xwanag evid ac eb velhyn tho Hal acthoxi gid. Ma perig ovath rał evid, seviwhyni marw trwi salmwx osnadanin cal diono bethmas da iw byta. Ma pethma iw vyta ac ma pethma iw vyta, nd ma pethmada iw vytan bethma gobrin. Ma mwi ar n bethma ir ac man bethma prin. Acłi biđ mwi ar ir n hoi diono đa ymol i gadw mbał salmwx odwł amhiw hid. Na ebavi.

Ałvedrai đim ang drwinhini evo Ivi,

ebo Hal wdn.

Ma hai hononin sio biw hidvith, nd tos r1 twłđin sin gałvedru biw hidvith. Marw si haid niwađ, acłi dewis perigałvarw ngwiłt tan berigałvarw ynhwł. Ma xydigo ovn gwiłt ar bob1 honon. Neu velma deud n mbał dwł, gwiłtovn. Ma mwinaxydig o varwovn ar bob1 evid. Nd marw si haid, hiwđiđ, hiwsyt. Marw trwi gig lavan tan marw trwi salmwx, nd marw si haid yniwađ.

Wdn aru rawhiđ gohyvađ na đwad. Aru meldami a hoi geiria n ngheg. Łi mavin gorigeg ac eb vel ebisi adag hoi nhad ymwd,

Mwd si trocinta a mwd viđ troloa, hwn si cinta viđ loa, men a men.

Ac wdn,

Men a men,

ebo No. Ac wdn,

Men a men,

ebo pawb. Pob1 wanjacson. Ođ Hal n łygadgrafu arnai, a hiw olwg n ilygaidao n deud bod hiwbethma gobwys

ardroed. Aru mi sbio ar No wdn, agwiriđin, ođ hiw olwg
n ilygaidaynta evid, hiw olwg n deud bod hiwbethma
gobwys ardroed. Adeudagwir, ođ pawb ođ dicynuł n sbio
arnai acn łygadgrafu velna, hidnoed Alam. Hiw olwg
n łygaida pob1 hononhw, a minan gwpo pabethma ođ
rolwgna. Parx. Ia, parx. Xydig o ovn evid eła, nd parx
ganvwia. Parx ac Edovn.

3

Haid imi đeud 1pethma cyncyxwyn lehwn.

Ođovin sio cal diono helbethmas iw snaxu cidhevo snaxwir Fwrđ, xos tođ geni lawro bap ir ac evid ođ angan pen sil rał arnai. Dođovi dibodn siarad sgwenyđiaith slawrdiđ, nd ganimi hoi cynig ar siarad etiveđ iaith nhad n ławn, sev nidn1ig biw n i dwło nd evid siarad i sgwenyđiaith o, ođ hyni o bap ir ođ geni arvin arvod. Acłi ođovin sio snaxu helbethmas cidhevor snaxwir am hagor o bap ir ac evid snaxu am ben sil rał. Xos ođ rawhiđ gohyvađ acevid gogri dicydio ynovi i hoi vebargo ar bap ir erco axadal. Gostal ani, ođ rawhiđna didexra hoi geiria n ngheg, aminan synio ubonhwn bethmas gobwys. Acłi ođ haid imi gal diono bap ir ac evid pen sil iawn iw hoi igid n vebargo.

Acłi aru mi đewis myndodwł a hel yngwiłt am vwi ar ir. Aru mi hoi gwir vmođ aineudo. Ath 4 honon, sev No, Simpyl ac evid Hal. Ma No a Simpyl n myndodwł namal, nhwdir gora am hel yngwiłt, nd dydi Hal đim n myndodwł namal gama vodi henwr Rardalama. Nd aru o hoi gwir ivođ a myndodwł cidhevoni. Aru o eb velhyn,

Ebisi vod mieri mwi ar n beł odwł acłi ma myndodwł iw hel n bethma goberig, ac man wir. Arlawrał, dani dical cynuł cyni hwis ahwnan vawr, ac aru pawb gid drwiutinanhw am n helva heđiw, acłi dwi am angđos vmodinan hoi fyđ n n cynuł a hoi gwir vmođ evid. Eła mividain marw yngwiłt, nd leialoa viđaim n marw miwn ang tin.

Nasyt aru Hal hoi gwir ivođ a myndodwł anneudnin 4 nłe 3. Ođ gwewyr fon n ław pob1 honon a sax helbethmas n ławrał, velma twłđynion Rardalaman hel rowndiril, sev mynda gwewyr fyn nłe hiw fyn codi si rwmia n1ig. N can lin cał i neb aru nhad i hoi ini. Acłi velna ođonin myndodwł.

Mynd ođa ođo evid. Arur glaw stegu xydig rolini hoi dexra. Aru o hoi paid n gyvgwbwl hidnoed, sev hiwbethma nadođ neb honon digweld ers sbelnol. Nłe cynvas diđiwađ o gymyla łiw mwd, gałvedrani weld rawhirlas. Ac ođor Haulih1 iw weld n glir evid, n sbleniđ acn sbloets igid, n sgleirio nghanol rawhirlas. Di twłđin đim n gweld rawhirlas namal diđhwn lehwn. Bobihyn gałvedr weld xydig honi, sev mnd hiw dam aid bax byxan obax, vel gweld crair n mangđos ih1 ymwd.

Acłi aru Hal godi ben a xwibyxu. Wđn ebo velhyn,

Asgab ang dos. Asgab ang đos mohanar. Ma rawhirlas velna morbrina dant n nghegi.

Ac wđn aru pawb xwerthin. Xwerthin a xwerthin, Simpyl nenwedig, nesivodon grwc, n neud hiw swn vałha

Axawa, axawa, axawawa.

Rol xwerthin amsbel, aru mi godi mhen a sbio amnhir ar rawhirlas. Aru mi gymid nod vel ođ hiw gymyla bax gola dicymid łe rhen gynvas anvarth łiw mwd sina rowndiril velarv. Hiw gymal bax gola, bobn1, bobn2, n xwythu macw, velsa pob1 n dałt iveđwlih1. Ac aru rawhiđ meldami ac angđos istyro imi. Ia, angđos imi ynvmeđwli nesvmodin dałt i nod ai styr. Nłe teiml rawhiđ n hoi geiria ngheg, teiml ivodon hoi nod a styr ymeđwl acn gadal imi neudweđił. Acłi vi ođon calhidi eiria ođon gałvedru angđos styr y cymyla i No, Simpyl a Hal.

Haid aros. Haid aros a sbio,

ebisi.

Xos ma styr ir cymyla bax golana. Ma styr obenig. Manhwn hel n rawhirlas veldanin hel yngwiłt. Miviđ mwd gwiłt n reidneis vel rawhirlasna osdanin can lin i nod ai styr.

Ođ pawb n łygadgrafu arnai, sgwrs. Ođor xwerthin distegu. Acłi ođoni amsbel, pawb n stewi acn łygadgrafu arnai. Wdn aru No hoi camnes atai.

Dawan, Ed, dawan,

ebo. Nd dođođim n tavodvoxa acn hanar xwerthin velbiđ hiw1 velarv sin deud

dawan, dawan.

Ođon tavotan ođiv. Nid tavodneisia. Nid tavodlyvu xwaith. Nd tavotan ođiv, miwn duł gowanal. N angđos Parx ac Edovn.

Dawan, Ed. Tidir 1 i angđos nod i ni. Miviđanin can dylindi heđiw.

Acłi bu. Ma sytbethma a Ben a Band miwn mbał rardal. Hynydi, ma twłđynion miwn mbał rardal n can lin hiw1 sin tavota cał i neb namlax na nebrał. Ben a Band. Tosnar1 n Rardalama, nd bod tu ar weđ i wrndo ar No ganivodon đin goglen ac evid n gri ac evid n 1 sin dałtiveđwlih1. Ma tu ar weđ i wrndo ar Hal evid gama vodir henwr acłi man tavota cał i neb a doeth i neb namal.

Wanta. Daru No đim deud mavi viđa Ben a Band nadim velna. Nd arlawrał ac toigid, ođon deud ubodnhw am gan vylini. Ođ No velsa disynio bod rawhiđ n meldami acn dałt vmodin nabyđus acn wybyđus evo hiw bethmas. Acłi aru pawb gan lin No, n cid drwiutinanhw heboro deud argoeđ ubodnhw am gan vylini ngwiłt. Ani ervmodin ovanc, sev y vanca honon igid n Rardalama. Hiwvath o weiniaith 2weđ ođhi, sev pawbn can lin No, a No ih1 ncan vylini.

Aru ni gerad n obeł n hel. 7dros10 lag a mwi, mwinathebig, avin angđos forđ drwi vwd, n can lin teiml rawhiđ acn cerad velođor cymyla bax golan xwythu. Rawhiđ n tavotan uxel tuviwn imi hai adaga acn siosial n staw nghlust adagarił. Nd ođovin nabyđus evo rawhiđ bynhyn. Leialoa ođovin dexra bodn nabyđus evovo. N dexra dałt sytma gwrndo arnovo, hidnoed osođon siosial no staw nghlust nłe tavotan glir vatha łais neu waeđ tuviwn imi. Bebinag, ođovin dałt bynhyn pabethma ođ haid ineud, sevođhyna, xwilio am đarna mwd ođn debig i rawhirlas, n reidneis acn saf. N cadwnglir o dir ar weđ ałvedr godin berig, nosgoi pob1 łe cyn cuđ po sib, covn bod dynion dir urth yn dis cwl lehwna nghuđ. Rawhiđ n angđos nod a styr y mwd i mi, aminan dałt pa đarna ođn debig ovodn wlib a dwvyn acn gałvedru snugo hiwđin lawrlawr iw varw acn nosgoir darnanan gyvgwbwl. N can lin y nod acn cerad y darna mwd ođn debig i rawhirlas, a No, Simpyl a Hal n can vylinina.

Aru ni galhidi 3 łygmor arforđ au łađ au hoin sax. Aru Hal gasgl hai cerrig bax evid. Pethmas gobrin iw cerrig n Rardalama, acn bethmas da iw cal. Gałvedr twłđin hoi carreg n ben gwewyr fon tan i hoi vel hiw bethma dodathrevn ynhwł. Gałvedr creiria vodn bethmas nadwy ođa evid ganubonhwn gałvedru boda furvia gowanal acłi manhw namal n neud pethmas dodathrevn ynhwł gobenig. Nd pethmas gobrin iw creiria ymwd, acłi dydiođim n syn cyndod nadođoni dical r1 crair heđiw. Wrthanbođa bod Hal dical hai cerrig bax iw hoin sax. Din da i weld pethmas ymwd iw Hal, ganivodon sbio lawr namlax nađim acłi man gweld nymyl troed nweł narhanvwia honon.

Acłi rol cerad hiw 7dros10 lag a mwi, aru ni đotraws mieri mwi ar. Ođ diono vwi ar arnanhw evid, aheinin vwi ar ir. Mwi ar ir, a diono hononhw. Aru ni hoir łygomor marw ac evid cerrig bax Hal miwn 1 sax evoigili ac wdn aru ni lanwr saxarił igid evo mwi ar ir. Ođo ormo hononhw, adeudagwir, acłi aru ni vyta pob 1 wanjacson nadođ dimyndi sax. Ganivodon sbio lawr rowndril, aru Hal weld pri ceniwair ymwd nymyl y mieri mwi ar. 1ovawr ođo evid. Aru ni i vyta rol imi i dorin 4 darn. Ma cig pri gostal a xig łygmor, velbiđa nhad n iđeud.

Dawan, man weđ ar us,

ebisi rol ini vytar mwi ar ođorol ac evid bytar pri ceniwair.

Dawan, dawan, man weđ ar us. Xos biđ pob1 honon n grivax acn nerthax arforđ nolidwł rol hoi bwyd ymol.

Da aru Ed eb,

ebo No. Acn binsith wdn arur 2 rał, sev Simpyl a Hal, đeud r1vath ac eb,

Da aru Ed eb.

Od xydig o brena biw bax n tyvu nymyl y mieri, acłi aru ni gid drwintinani am u cymid. Rol u tynu ovwd au łnau xydig, aru No u clymu evoigili evo hiw stribed o groen łygmor ođ didod cidhevo ac wedn clymur cyvan ar isgwyđavo. Pethma da iw pren, tan viw tan varw. Mnd gan snaxwir Fwrđ ma cal prena mawr, nd gałvedr twłđin neud ławro bethmas o brena bax evid. Gwayw fon neu fon codi si rwmia, er ang haift. U hoi ymhlyg tau clymu er mwin neud hiwbethma bwigili, er ang haift rał.

Ac wdn aru ni godi saxa a gwewyr fyn a mynd nolidwł, aminan cerad ginta to, n gadal i rawhiđ angđos nod a styr y mwd imi. 7dros10 lag, n gyvgwbwl saf. Arur glaw đexra to hiw xydig cyn cyrađ twł, nd dođođimn syn cyndod ovathynymwd. Man glawio điđanos lehwn bebinag ac ođoni dical diono łodtus gama diwrnod heblaw ođ hanvwiar diwrnod n stod n helva ngwiłt.

Diolx amvod amxydig heb law,

ebisi duviwn imivh1, nd ođovin dałt vmodin tavota evo rawhid tuviwn imi evid acn deud tho

Diolx amvodłi heđiw. Diolx am helva ođa ngwiłt. Men a men.

4

Aru mi sbio trwi nghwsg n stod nosneithwr.

Ma twłđin n sbio trwi gwsg namal, nd hiwbethma łolwanal ođor troma. Velarv, rol efro yniđ rol sbio trwi nghwsg ma teiml vatha penslwts caboits tan deiml velswnin sbio ar hiwbethma peł a łygaida ławn mwd. Nidłi troma. Sbio vatha gweld ođo. Gweld olađiđ, ahwnan điđ heblaw, n điđ evo rawhirlas n can ilino. Gweld n gyvgwbwl glir. Gohyvađ ođor pethma aru imi i sbio arno evid.

Ođ nhad yniviw, aninan hel ngwiłt cidhevongili. Aninan cerad dros godi adir abe aru ni weld roxordraw nd din gohyvađ. Dođođim o Rardalama nag o 1hiw rardalrał sin wybyđus imi. Dođođim vatha twłđin ogwbwl miwn 1hiwforđ. Nłe oswisgo hiw grwin łygomor neu hen dam aid o gynvas n điład clwt, ođ dioswisgo miwn hiw điład łyvn hyvađ, ndebig i điład snaxwir Fwrđ actoigid nwanal evid. Điład łyvn reidneis nd n vudrvwdlyd evid ganivodon cropian arivol drwi vwd nłe cerad.

Aru nhad hoi stum amdanavo, ac ođovin dałt ma hoi stum am điład y din hyvađ ođo. Ođovin dałt ni cyni nhad gorigeg.

Weldi,

ebo nhad no staw, covn bod y din hyvađ n n clwad ni,

nidn1ig bod i điład n owanal. Man u hoswisgon owanal evid. Adeudagwir, nid oswisgo i điład ma o, nd n u gwisg oi go. Haid ivodon dwad o hiwle łe ma dynion n gwisg ou coiau nłe oswisgo vatha ni.

Vel ebisi, nłe cerad ođon cropian drwi vwd arivol. Cropian arivol velbiđ twłđin panman can lin łygmor acn dodn nesacnes n staw bax. Ac toigid, dođođim n cropian n staw bax ogwbwl, nd n byxu acn staxu, n tavlu ław oi vlaen ymwd acn ilusgoih1 mlaen xydig ac wedn n tavlu ławrał oi vlaen acłi mlaen ac mlaen. N byxu acn staxu rołforđ.

Ođovin gałvedru iweldon đa bynhyn. Henwr ođo, vwi o henwr na Hal hidnoed. Blew ibenon łol wyn, erbod ławro vwd ynđovo evid, a hiw đarn croen mawr n angđos nghanol i vlewben łe dođor 1 blewyn n tyvu. Ođon codi ben bobihyn, acłi gałvedrai weld nadođnađim blewynab ar iwynabo ogwbwl, erivodon hen ai wynab n gryxa acn gracia igid. Ođ iwynabon vudrvwdlyd evid. Budrvwdlyd gođivri, ganivodon cropian acn łusgo ih1 arivol ymwd vel hiw bri ceniwair mawr.

Ođna hiw bethman debig i gist snaxwr, sev hiwbethma vatha sax onivodon hirsgwar a xydig n galed, ac ođ cist y din hyvađ nsowndwrth haf, ar haf ynidro nsowndwrth 1o draed y din. Acłi velna ođ y cradur n mynd, n cropian arivol acn siglih1 vatha pri ceniwair drwi vwd, n tynu igisto evoi droedih1. Acn codi ben bobihyn. Acn byxu acn staxu rołforđ.

Binsith wdn dmani nol nhwł. Velma sbio trwi gwsg, ma pethmas n mynd onaiłirłał nosydyn. Łi mani, sev nhad avi, nol nhwł, ac ođo Alam lehwnan tavota cidhevoni. Haid nbodni dideud thovo am y din gohyvađ ođoni digweld ngwiłt, xos tavota amdanavo ođoni.

O, o, o, ibabethma aru xi adal y cradur madalaxi mor dawel. Eła ma snaxwr benih1 ođo, tan 1 dicołi ari go. Haid bod łwth o bethmas reidneis gođivri ynigisto. Ođ dibodn heitiax i xi vynd ari osodo a xymid i bethmas igid.

Tos neb vith n gwrndo ar Alam, acłi evid ođo tra ođovin sbio trwi nghwsg. Gostal ani, dođ nhad đim n gwrndo xwaith. Hynydi, dwin dałt bod nhad dimarw a dimynd ymwd ers sbelnol, nd tavota dwi am y tad ođ n viw amxydig tra ođovin sbio trwi nghwsg. Xos ođon viw vatha voih1 pan ođon viw gođivri. Acłi dođom n gwrndo ar Alam.

Đlet hoi paid,

ebo nhad,

ma dałtdim arnati, Alam. Bebinag. Dođođim n snaxwr, hidnoed snaxwr dicołi ari go. Dođođim o Rardalama naco hiw rardalrał ymwd. Dođođim didwad o Fwrđ xwaith. Dydiom n irano vel danin irano lehwn. Hiwlerał iw iranynta. Man vudrvwdlyd ganivodon cropian drwi vwd lehwn, nd dydiom n perthyn i vwd lehwn vel danin perthyn. Dydiom n irano.

Ođovin sio ovyn i nhad sytle ođor Hiwlerał na, nd aru imi efro wdn. Acłi hoid paid am sbio drwi nghwsg.

Rol imi efro aru mi hoi xydig o vwyd ymol. Sevođhyna, xydig o gig łygmor disyxu ac evid xydig o vwi ar ir distwnsio ar đarn o garreg si genin bethma dodathrevn idwł. N dexra diwrnod evo hiwbethma gwlib a hiwbethma six. Nd cyn imi orfan pisio ymhot mavin clwad swn cynuł tuałan.

Rol myndodwł mavin gweld bod minstai snaxwir Fwrđ n cyrađ. Ođ pawb dimynd i hoi croesarlaw iđanhw, hynydi pawb nd Gas ganivodon lawrwaelod evo salmwx ohid. Minstai ovawr ođo evid, sev 3 dros 10 o đynion igid. 3 snaxwr, pob1 evo din bax i gludoi gist, ac evid 7 o đynion ar u boga. Gwewyr fyn nadwy o reidneis, pob1 evo pen dineud o grair gobenig, sev pethma gogaled renw med hal. Ma boga dynion Fwrđ n wełoweł na boga Rardalama. Hidnoed ososna wewyr fon evo pen dineud o hiw grair gan hiw dwłđin lehwn, dydio vith r1vath a fen gwewyr fon din ar i vog o Fwrđ. Manhwn gałvedru trin creiria miwn duł łolwanal ini.

Aru mi u łygadgrafu au cid hamaru evor din gohyvađ aru mi i sbio arno drwi nghwsg. Manwir bod u diładan weđol debig au cistia evid n weđol debig. Ac toigid gowanal ođanhw evid. Oswisgo diład ođonhw, nid u gwisg ar u coiau vel y din aru mi sbio arno drwi nghwsg. Evid cludo cistia aru cevna au sgwyda ođonhw, nid u łusgo evo hafa gervyd u traed. Velwnin iawn, sgwrs, amina digweld snaxwir Fwrđ diono weithia cyn heđiw. Mnd vmodi am u łygadgrafu rornewiđ au cid hamaru evor din o Hiwlerał. Acłi mavin ineudo nesvmodin lond vmol n vodlon.

Velarv ma 1 snaxwr n1ig n tavota cidhevoni, sev r1 sin oswisgo het. Hiw vatho điład amben iw het, hiwbethma nados r1 twłđin n Rardalama vith n i oswisgo. Nłe hetia, danin oswisgo wdan, sev han o điład sin gałvedru myndrosben adag glaw, sev hanvwiar amsar. Nd ma hai o đynion Fwrđ n oswisgo hetia, ac mar 1 sin tavota aruhanhw n oswisgo 1 r1łiw a gwaed.

Pw sin tavota arexhanxi,

ebor snaxwr hetiog,

osna hiwđin vatha Ben a Band lehwn sin tavota arexhanxi igid.

Aru No hoi camnes ato a xodi law. Ebo velhyn,

Tos Ben a Band lehwn, nd No dwi ac midwin tavota arenhanni gid.

Wdn aru o hoi naidben atai a deud,

Ac midwi am wrndo ar Ed evid, covn ivodon synion wełoweł nami am hiw han or snaxu.

Acłi aru No a mina gidarwain y snax aran Rardalama, a von ovyn imi bobihyn am hiwbethma a minan gwrndo ar rawhiđ tuviwn imi cyn hoi atab iđovo. Snax ođa ođo evid. Aru pawb honon gal pabethmabenig ođon sio i gal. Aru mi gal pap ir a fen sil.

Miwitin fodtus,

ebo snaxwr thai, sev snaxwr rał, 1 hebhet. Arur 1 hetiog ođon tavota aruhanhw vatha Ben a Band sbion gas ar r1 ođ digorigeg aceb thai. Haid ivodo dixwalu hiw heol drwi gorigeg velna. Nd daru o hoi sylw ovathynymwd i r1 hetiog ac eb hagor velhyn,

fodtus iawn witi oswitin sio cal pap ir a fen sil gowir, xos danim n cludo ławro bap ir a fen silia namal điđhwn. Tosna lawro đwłđynion sin sio pethmas velna. Tosna lawro honoxi sin gaɫvedru siarad sgwenyđiaith.

Wel man iaith dwin i siarad,

ebisi.

Ođor 1 hetiog dimynd n vlin bynhyn xos nadođor ɫaɫ n can lin u heola. Acɫi aru o hoi camnes nesivodon sevyɫ nesatai nar ɫaɫ, ag olwg nadwy o vlin arnovo, ilygaidao digwag su n vax vel ɫygaida ɫygmor.

Ac man debig ma dmar troloa biđwx n cal pap ir a fen sil, dwɫđin. Dwimn sio u cludo rhoɫforđ o Fwrđ to.

Wdn aru o sbio ogwmpas a ɫygadgrafu pawb honon cyn gorigeg ac eb to,

Daxi gid n fodxus, adeudagwir. Danin hoir pethmas daxin sio u cal troma, ernadaxin hoi hanar u gwerth nhw wrth feirian. Nd velma, daxin fodxus nbodnin đynion goglen.

Uđ hiw dciml ynovi vatha gwacd n hedag i ben, ac aru mi sbio ar No ac evid ar Simpyl ac ođovin wpod bod u gwaed nhwn hedag iw pena evid. Mavin troi mhen a sbio i gyvair twɫ a mavin gweld Non neud r1vath. Haid ivodon synio vatha vi, sev teiml poen nbodni digadal n boga n tyɫa. Snaxu miwn heđwx ođoni bobtro, acɫi dođođim n syn cyndod nbodni didwad on tyɫa heb voga. Nd troma ođor snaxwr hetiog n tavodvina arnoni vel dođođim dineud orblaen ri oed, acɫi ođ hiw deiml didwad vatha bygwth cyn ɫađ. Nd mnd 10 ođoni, a heb n boga evid, ac ođ 3 dros 10 hononhw, a 7 n đynion ar u boga evo gwewyr fyn ođa. Acłi dođnađim bid iw neud nd łyncu poer a łyncu poen.

O ia, velma rowndiril. Ma ođrwg arnoxi lehwn. Xydig o helbethmas iw feirian, r1 hanas bob1tro,

ebo vo, ai lygaida bax n gas igid vatha łygaida łygmor fyrnig. Aru mi synio wdn am newid duł n tavota acłi ebisi velhyn,

Obax, obax. Rorgora. Syt bod mwi iw feirian evo twłđynion rił miwn 1hiw rardalrał.

Aru i wynab vynd n wendeg igid, nd wendeg gogas ođo nłe 1 reidneis.

O na, ma dałtdim arnati. Mana rardalrał si mnd hiw 8dros10 lag oma evo ławro bethmas nvwi iw feirian au snaxu bobtro. Ososna 5 o grwin łygmor lehwn evoxi, ma 10 o grwin lehwna evonhw. Osos 10 evoxi lehwn, ma 10a10to evonhw lehwna. Acłi velma bob1tro. Manhwn gałvedru feirian a snaxu am vwi o bethmas. Ma meldanhw n wełoweł ini na meldaxi lehwn. Man werth acn xweil ini, nid vel dodma. Adeudagwir, dwimn sio dodma vith to. Ibabethma đlaseni.

Ac aru droi wdn a hoi ław i angđos ubonhwn myndoma. Nd dođovin gałvedru cymid u gadal velna. A dma syniad n dodimi, amavin ovyn,

Sytłi. Sytłi manhw vancwn gałvedru cal cymint n vwi o helbethmas.

Darur snaxwr hetiog đim hoi paid ac atab, mnd parhau

cerad ai gevn atoni. Nd arur 1 ođ digorigeg orblaen hoi paid a throi nol atai.

Xos manhwn can lin Jac,

ebo.

Pwdi Jac,

ebisi,

u Ben a Band nhw, eła.

Ođo didexra troi nol i gan lin r1 hetiog, nd aru o eb 1waith to cyn neud,

Eła. Hiwbethma velna, mansiwr.

Ac wdn ođo dim1o evor łił. Aru nhw furvio u minstai to a dexra madal. Madalani heb neb n gorigeg to. Neb n deud benebw.

Nd ođ łais tuviwn imin tavotan đibaid. Ođ n eb velhyn,

Pwdi Jac. Haid cal Ben a Band vatha Jac inigid gal mwi o helbethmas ngwiłt.

5

Rolir snaxwir vyndoma aru pawb vyndidwł n staw, bobn1, bobn2. Nd cyn imi gyrađ drws nhwł, dma Hal n dotraw atai a gorigeg.

Dwi dibiw amnhir ymwdathwł, Ed, ac ma 1 pethma sin wybyđus imi.

Pabethma di hwna,

aru mi ovyn.

1 pethma goglir. Seviwhyni, ma snaxwir Fwrđ n caxstwria namlax nađim. Dwi digweld u caxstwrian n u łygaidanhw sbanonin blent 1, ac dwi ri oed dihofi. Ri oed, ri oed. Nd aru iw caxstwrian mangđos ih1 nolamwg heđiw. N u tavota gostal au łygaida.

Iawan, Hal. Tydidwł ini gal synio am istyro cidhevongili,

ebisi. Osođ caxstwrian y snaxwir dimangđos ih1 n u tavota gostal au łygaida, ođ hiw deiml gogrin mangđos ih1 nhavota a łygaida Hal, a rawhiđ tuviwn imin siosial acn eb imi ivodon dałt hiwbethma gođivri. Ođovin sio goriganol i Hal. Gorad nghanoli acevid gorad vmoli abwrwr cyva ałan drwi ngheg.

Acłi lehwna ođoni, n ista cydhevongili ar drawsbren nhwł. Aru mi styn xydig o gig a slwts caboits ac evid y mwi ar loa.

Ros imi neud tan ini gal bytan boeth,

ebisi.

Na haid, Ed,

ebovo,

ma tavota amdanavon binsith wan n wełoweł na dis cwl.

Acłi aru ni vyta nbwyd noer a dexra tavotan sith velna.

Miwitin dałt pam dwi didwad atati, Ed.

Dwin synio vmodi, Hal. N synion ođa.

Xos ma hiw bethma ardroed ymwd, velođ mosgo a mygiad y snaxwir n angđos n glir heđiw. Ma dałt dim arnai pabethma n1ion dio, nd ma hiw bethma ar droed, ac ma teiml geni naviđ n bo sib ini viw velarv cynihir.

Łin wir, Hal. Bcrał.

Ebavi berał. Ma hiwbethma ynoti điđhwn, hiwbethma gobenig. Miwitin ovanc, nd bedir hots. Miwitin wybyđus acn nabyđus, nid velma twłđin velarv, nd miwn duł łolwanal. Man siwr geni vod No disynio amdanavo evid acn dałt xydig o babethma dio. Adeudagwir, ma pawbn synio amdanavo, nd di pawb đim n dałt n łol to pabethma dio. Nd ma No ac Ivi a vinan dałt. Aru mi davota amdani cidhevonhw bencintar diwrnod heđiw cyn ir snaxwir đodma.

Wanta, Hal,

ebisi,

dwin can dylindi hidma. Nd toigid ałvedraim tavota amdanavon hawđ. Dwnim bedi renw i hoi amdano hidnoed.

Miwiti, miwiti, Ed. Velwsti sytma siarad sgwenyđiaith, łi evid miwitin dałt sytma siarad amdanavo. Hynydi, am y pethmana danin tavota amdanavo wan. Haid iti hoi paid am boen amdanavo a synion galed nłe. Eła bod ovn sonam hiwbethma sin boen iti. Nd miwitin gwpo pabethma dio ac miwtin inabodo. Ebavi dyvodin nabyđus cidhevovo, acłi gorigeg a goriganol si haid a gadal ir hyn si duviwn iti đwad duałan lehwn. N1ion velma siarad sgwenyđiaith, sev hoi geiria sin duvewn iti duałan ar bap ir.

Miwitin dałt xydig am sgwenyđiaith, ndwit, Hal.

Ndw, Ed, ndw. Gałvedrai siarad sgwenyđiaith, nd dwi heb dineud ers sbelnol wan. Ers sbelnol olewođa. Vi ođor 1ing1 n Rardalama blaw dydad ođon gałvedru isiaradhi. Daobe bod dydad diangđos y sytarmođ iti cynivarw, xos dwi dicołi inabodhi. Dwimn siwr osdwin gałvedru i siarad ogwbwl wan, adeudagwir. Ma dibod morhir.

Mansiwr dyvodi, Hal. Tydiweld. Gałvedrai angđos osnadwitin siwrobe.

Obax wan, Ed. Diom bwys wan. Ma diono gysur n faith dyvodin isiaradhi. Ti iwr1 ineudo wan. Nenwedig gama hiwbethma gobenig n meldaxdi acn hoi geiria iti.

Ia, Hal. Nd man hiwbethma gohyvađ radaga evid. Haid deud. Man hoi hiw grivni imi ađi dwin ihofin ovawr, nd toigid mana đyxryn n dwad cidhevovo radaga evid. Ganivodon myndami i lerał ac evid i levalrał hebimiwpod hiwsyt.

Dos cidhevovo, Ed. I babethma ma sio i angđos iti. Dos cidhevovo i lerał ac evid i levalrał, i 1hiwle man sio meldavo. Nd ma pethmarał man haid ini davota amdanavo. Seviwhyni, faith bod pawb n synio amdanavo nd đim n iđałto. Haid cal pawb iwđałto n wełoweł.

Ibabethma, Hal. Bedir hots osnadiw pawb n Rardalaman dałt n1ion pabethma sin meldavi.

Xos ma hiwbethma goberig ardroed ymwd, Ed. Vel aru ni weld heđiw. Ma haid i ni gal arwain genti. Nid cal Ben a Band sin gałvedru arwain hel ngwiłt a radag snaxu abału, nd arwain gan y pethma gobenigna sin mcldaxdi acn tavota luviwn iti. Nd n ginta, ma haid cal renw ini gal tavota amdanavo cidhevo pawb n Rardalama.

Aru o stewi wdn. Manin 2 n ista ar drawsbren nhwł no staw amnhir, nin2n synio acn cravbenu, nd neb n gorigeg am sbel. Wdn aru Hal dorir staw drwi ovyn,

Bedio, Ed. Bedi renw. Miwitin gałvedru cal hidiđovo. Haid gorigeg a goriganol a deud.

Aru mi gravbenu no staw am xydig to. Amavin hoi co am n cynuł đoe cyn ini vyndoma i hel ngwiłt. Sevradag aru rawhiđ meldami a hoi geiria ngheg, aminan eb,

Mwd si trocinta a mwd viđ troloa, hwn si cinta viđ loa, men a men,

ac wdn pawb ođon lehwnan gorigeg rolvi acn eb r1vath,

Men a men,

a hiw olwg nolamwg n łygaida pob1 wanjacson hononhw, a minan dałt hiwsyt pabethma ođo. Parx ac Edovn.

Acłi mavin gorigeg a deud tho Hal,

Parxacedovn.

Da aru ti đeud, Ed. Gowir, gowir. Da aru ti eb,

ebo Hal wdn rol łygadgrafu xydig arnai.

Da aru ti eb.

Ac wedn manin tavota am lawror pethmas ođ dibod n mangđos uh1ain tuviwn imi. Aru mi angđos y cwbwlot i Hal, sev duł y tavota tuviwn imi ac evid y siosial nghlust. Duł rawhiđ o vyndami. Ac evid y din aru mi sbio arno drwi nghwsg.

Wanta, wanta,

ebo Hal wdn.

Ma hiwbethma gobenig yn dy sbio drwi gwsg. Ma nolamwg ivodo dimynd ar igrafo iti.

Iawir, Hal, iawir gođivri. Ma dimynd ar igrafo. Ođ digadal graf gogri rolimi efro. Adeudagwir mar graf n gri ohid. Ma igrafo dical gav arnai.

Acłi ma hiwbethma gobenig amdanavo, Ed. Haid bodna nod a styr hiwle ynivolo.

Sytma dałtni, Hal. Sytma cal gav ar istyro.

Dwnim. Pethma gođrys iw dałt sbio drwi gwsg. Toigid, osdanin synio am istyro amnhir man debig biđ hiwbethman mangđos ih1.

Amanin stewi am xydig to ac ista no staw, n cravbenu acn synio am bobdim. Trio cal gav ar ustyrnhw. Ac wdn ma Hal n gorigeg novawr a snugo gwynt drwi geg, n neud swn vatha gwynt n xwythu drwi đrws twł.

Wel, man bo sib,

ebovo.

Pabethma sin bo sib,

aru mi ovyn.

Man bo sib ma hiw Ang ođo osođon trio angđos hiwbethma iti.

Nd dwim credu ivodon Ang o vathynymwd, Hal. Dođođimn trio angđos dim imi, mnd cropian arivol ymwd vel nadođovin lehwna ogwbwl. Dođođim n trio tavota cidhevovi. Dođođim n codi ben i sbio arnai hidnoed, mnd codi ben i byxu a staxu iđoih1 bobihyn. Ođon cropian arivol ymwd velsa nebrał n lehwna blawvo. Syt gałvedr vod n Ang osnadiwn trio angđos hiwbcthma imi.

Wanta, Ed,

ebo. Ođ hiw flax n łygaida Hal bynhyn, velsar Haulih1 n sgleirio tuviwn iđovo. Aru o hoi ław ar vmraix a ngwag su xydig. Ac ebo velhyn,

Man bo sib nadiwn gałvedru tavota ganivodon sal. Po sib bod hiw salmwx gogas digydio ynovo yn Hiwlerał. Eła hiw salmwx o lehwn, dwnim. Nd osiwn sal, man bo sib nadiwr salmwx n gadal iđo davota cidhevoti. Po sib nadiwr salmwx n gadal iđo sbio arnati xwaith. Po sib nałvedr dyweldi o gwbwl hidnoed.

Osna salmwx velna, Hal.

Dwnim. Haid hoi co am hiwbethma, Ed. Seviwhyni, faith ivodon Ang o Hiwlerał, nid twłđin o lehwn. Acłi haid hoi paid am đis cwl iđovo vod vathani.

Ac ososna hiw salmwx digydio ynovo,

nd aru Hal dori nhrawsi cyn imi đod i benadeud. Aru o ngwag su no galed, ngwag su nesvmodin sgwyd lehwna ar nhrawsbren. Ac wdn mavon gorigeg ac eb velhyn,

Wanta, Ed, wanta. Ososna hiw salmwx velna ynovo, haid ma Ang sal dio.

Ođovi diclwad am Ang sal, nd nid ers sbelnol. Ođ nhad dideud hiw bethmas am Ang sal, nd toigid haid vmodin ovanc điđhwna xos dwim n gałvedru hoi co am lawro hononhw điđhwn.

Rorgora, Hal. Dwim n gałvedru hoi ławro go am Ang sal, mnd bod nhad dideud ivodon đin gohyvađ sin cerad nowanal ini acn tavota nowanal ini.

Iawir, Ed. Nd mana vwi iđovo evid. Ma nolamwg ma cropian ma Ang sal nid cerad. Eła cropian di duł Ang sal o gerad, acłi eła bod dydadin iawn xos ma cropian n đuł owanal o gerad. Bebinag. Gałvedrai hoi co am hiwbethmarał am Ang sal. Hiwbethma gobwys.

Aru Hal stewi wdn a sbio lawr. Debig ivodo dicau łygaida evid. Aru o ista no staw amnhir wdn, n symud igego xydig velsan cnoi hiwbethma, velsan xwilio amroł đaint ođo dicołi n stod ivywydo. Ac wdn mavon codi ben a gorad łygaida a sbio arnai, ar Haulih1 n sgleirio odyłailygaida to.

Haid iti gal gav arnovo, Ed. Haid iti gal gav arnovo ac wdn haid modagymago.

Modagymago, Hal. Witin siwr.

Ndw, Ed. Modagymago. Nasyt ma tavota cidhevovo. Haid modagymago a łusgo geiria honovo.

Łusgo, Hal.

Ia, Ed. Łusgo. Tynu, cravu a łusgo. Nasyt ma cal geiria o Ang sal.

6

Aru imi synio amnhir nosneithwr roli Hal vyndonhwł iwdwłih1. Synio am styr a nod y geiria loa ebovo cyn madalami.

Haid modagymago. Haid tynu, cravu a łusgo geiria honovo, nasyt ma cal gav ar eiria Ang sal.

Nd daru mim sbio ar Ang sal drwi nghwsg n stod nos rolni. Daru mim sbio ar lawro đim drwi nghwsg, mnd gweld xydig o heniwl vatha hiw gymyla łiw mwd. Rolimi efro bencintar diwrnod heđiw nar1ig bethma ođovin gałvedru synio amdanavo, sevođhyna, ovyn imivh1 ibabethma aru mi weld cymyla łiw mwd nłe Ang sal. Aminan dexra synio am i styr wdn a dexra međwl eła ma xwilio am rawhirlas ar Haülih1 ođovi. Xwilio a xwilio, ernadođnam bid nd cymyla łiw mwd iw gweld. Cynvas vatha heniwl dros y cwbwl. Amavin međwl wdn eła ma xwilio dir pethma gobwys điđhwn. Xwilio amdanavo velma xwilio am rawhirlas ar Haülih1 miwn cynvas o gymyla.

Bebinag. Ođ Hal dideud cyn madalami nosneithwr ivodo am gynuł evo No ac Ivi bencintar diwrnod a thavota a synio cidhevonhw am y cwbwlot. Ebo biđanhwn gałvedru cal pawb i weld bod hiwbethma gobwys ardroed ymwd, velođ mosgo a mygiad y snaxwir n angđos n glir, a bod haid inigid neud hiwbethma gođivri i gal gav ar đyvacodl

Rardalama. Ebo biđanhw ił3n gałvedru cal pawb i gid drwiutinanhw ma vi avinan1ig ałvedr angđos forđ mlaen i bawb. Aru Hal đeud evid nađlaswn hoi poen amdani ovathynymwd, gama helva No, Ivi acynta viđa neud hyni. Nłe hyni, ebovo, goriganol đlaswn neud. Seviwhyni, goriganol i rawhiđ n stod diđ a goriganol i Ang sal n stod nos.

Acłi aru mi gymid amsar a bytan radeg, radeg, a xwilio am istyro ac evid am y nod. Cravbenu a synio amnhir. Wdn aru mi vyndonhwł a gweld bod pawb wedi myntraw i finRardalama i gynuł heb styrbio arnai. Cynuł cyni hwis ahwnan vawr ođo. Ođ pawb n lehwna. Hidnoed Gas erivodon sal ohid acn ista nłe sevył vel pawbrał.

Mavin cerad atanhw a dma pawb n łygadgrafu arnai evor parxacedovn n u łygaidanhw. Ođovin sio tavota cidhevo Hal, No ac Ivi, nd gama łygadgrafu no staw arnai ođ pawb velna, mavin synio teiml bod haid i mi hoi geiriargoeđ. Acłi mavin codi ław a gorigeg ac eb velhyn,

Velwxi, ma hiwbethma gobwys arđroeđ ymwd. Haid bod Hal diangđos y cwbwlot i xi bynhyn. Hynydi, Hal a No ac Ivi. Nd dwi am i hangđos i xi miwn geiria si xydig n wanal. Hynydi, angđos r1 pethma manhw diangđos nd i angđos evor geiria si duviwn imi điđhwn lehwn.

Pob1 wanjacson n gwbwl staw. Neb n gorigeg. Prin bod neb n gorigeg i nadlu hidnoed. Pawb n dis cwl. Acłi mavin gorigeg ac eb to,

Masyt maidrino, masyt maithrinhi. Daxi am drin y pethmas sin dodma ymwd điđanos. Pethmas ymwdma.

Ac dwina am drin pethmas Hiwlerał. Seviwhyni, can lin rawhiđ a xwilio am Ang sal a łusgo geiria honovo. Velna ma cal gav ar forđ at Jac. Po sib biđ Jac n dodma i Rardalama osdwin ineudon iawn. Acosdi Jac n dodma biđ xydig o Hiwlerał n dodma cidhevovo. Biđanin hel ngwiłt n wełoweł a biđ diono helbethmas iw snaxu a feirian. Ebavi biđ haul n disgleirio lehwn rolni. Ełar Haulih1, nd po sib ma haul Hiwlerał viđ n sgleirio roli Jac đodma. Acłi nasyt ma cal gav ar đyvacodl Rardalama aineudon safsaf.

Men a men,

ebo No.

Men a men,

ebo pawb wdn.

Na benargynuł,

ebo No rolni. Ac aru pawb vyndiwdwłih1 tai helva. Pawb nd Hal, No ac Ivi. Ma Hal n gorigeg acn eb ginta,

Wanta, Ed. Ma ławro bethmas didigwiđ bencintar diwrnod heđiw cyniti đododwł. Ma No dineudo. Ma No ar i wr o, wir iti. Ar i wr o. Ma dical pawb i gid trwidino, pawb n dałt bod hiwbethma gobwys ardroed abod haid neud hiwbethma gođivri i gal gav ar n dyvacodl ni. Pawb n dałt bod haid i ni gal hidi weiniaith newiđ iw siarad. Acłi ma pawb ami No vod vel Pen a Band n Rardalama, nd ivodo am wrndo arnati evid. Trevn 2weđ viđhi. Weiniaith 2weđ. Pen a Band ar i wain, acevid Parxacedovn n eb cał i neb a doeth i neb, ar Pen a Band n gwrndo arnovo acn can ilino.

Hynydi, biđ Non gwrndo arnati acn can dylindi. Velna ma am vynd ar i wain vel Pen a Band. Aru pawb gid drwidino.

Dawan, Hal, a xwarteg, No,

ebisi, no staw. Ođo nolamwg bo Hal wrthivođ. Ođon wendeg igid, ai xydig đaint n angđos uh1ain ganoligego. Ođ hiw wendega bax ar wynaba Ivi a No evid. Nd dođovin gałvedru hoi gwendeg arwynab. Ođ hiw deiml vmodi dimethu trabod Hal a No ac Ivi diłwyđo.

Pabethma si, Ed,

aru No ovyn,

ma nolamwg bod hiwbethman bod.

Os, No, osnwir,

ebisi vel atab, ac wdn mavin ovyn,

Aru Hal ebthoxi am rAng sal.

Aru o, siwr,

ebo No ac Ivi cidhevoigili.

Wanta, nan1ion pabethma sin bod,

ebisi.

Mu Hal dibodn trio cal gav ar istyro. Hynydi, ma dihwplaw imi đexra dałt istyr ai nod. Acłi ma Hal n dis cwl clwad xwanag o hanas rAng sal. Ođo diovyn imi vynd raval ago nosneithwr rol sbio arnovo trwi nghwsg to. Haid imi sbio arno to imi gal deud cał i neb a doeth i neb nghlust No, vel ebo Hal wan. Nd daru mi đim. Daru mi đim sbio arnovo nosneithwr. Mnd hiw hen gymyla łiw mwd aru mi sbio arnanhw drwi nghwsg gidalamsarnos. R1olwg o Ang sal.

Haid iti baid am hoi poen amdani, Ed,

ebo Hal, xydigo wendeg ari wynab ohid,

mana atab. Mana forđ mlaen.

Sytłi, Hal,

ebisi, xydig n vlin tan hwistedig,

osdwim n sbio trwi nghwsg, dwim n sbio trwi nghwsg. Dwitim n gałvedru gorvodi hiw1 i sbio drwi gwsg. Man dwad panman sio dwad.

Wel ia acevid na, Ed. Ma forđ mlaen. Paid hoi poen amdanavo wan. Dwi am đotraw idwł heno cyn iti vyndi gwsg. Ebavir cwbwlot radagna.

Daru dimbid đigwiđ rolni heđiw. Hynydi, dimbid sin werth acn xweil iw siarad miwn sgwenyđiaith ai hoi argo ar bap ir.

Ođovin ista nhwł vinos rol hoi xydig o vwyd ymol. N ista acn dis cwl am Hal. A mavin clwad Simpyl n hoi geiriargan. Dwi diclwad geiriargan Simpyl mbał dro ers iđo đexra arni, nd man owanal troma. Nłe

O o o. Vin v1ig heno. O o o

abału, mana uwxsymud ovath wanal n i lais heno, velsan łai trist a mwi wrthivođ. Man geiriargenu velhyn,

Miwn cynuł trocinta
nd nid y troloa
danin cid trwintina
ivodon ođa,

Ac man gynuł gowanal
viđ lehwn n namal
a weiniaith n gostal
sin ođa igal.

Ac wrthimi hoi geiriargan Simpyl argo ar bap ir, mavin
synio hiwbethma. Seviwhyni, bod hoi geiriargan n forđ i
Simpyl gal hoi pethmas si duviwn iđovo duałan, aminan
u cymid wdn au hoi argo erco axadal ar bap ir. Nd trwi
neudni ma geiriargan Simpyl n mynd oi duałan o imiwn i
nhuviwn ina, ac man neudni ervmodin u hoi duałan ar bap
ir. Acłi dwin u hoi nhw duviwn a thuałan r1prid. Amavin
dałt syt styr sina. Ma siarad sgwenyđiaith a hoi pethmas
miwn ebargo n neud 2forđ, sev hoi geiria a styria si duałan
duviwn acevid hoi geiria a styria si duviwn duałan. Nd
rol cravbenu łi a thrio hoir pethmasna miwn sgwenyđiaith,
aru mheni đexra brivo. Ma diono bethmas ymhen din n
điono bethmas, velma deud n mbał dwł, nd ma gormo n
hoi pocn n ibeno.

7

Dwnim syt dwi am hoi hanas nosneithwr ar bap ir. Hynydi, hanas aru đigwiđ rol imi hoi geiriargan Simpyl argo erco axadal n vebargo. Ođovin ista lehwna, amina dihoi vebargo igadw, a mhen n brivon nadwy. A dna gnoc arđrws, a xyn imi godi a gorad drws, dma Hal n dodidwł.

Wanta, Ed. Mani,

ebovo. Mavon istan vymyli ar drawsbren nhwł a styn hiwbethmas bax imi ac eb,

Haid iti vyta wan.

Nd aru mi sbio cyn byta, ac ovyn,

Nd si rwmia bax danhw, Hal. Sytma si rwmian gałvedru bod n forđ mlaen heno.

Wanta, Ed, wanta,

ebovo,

mana si rwmia ac mana si rwmia. Nid si rwmia byta danhw, nd si rwmia gweld. Dwi dibod n tavota cydhevo Łew ac aru o u hoi imi.

Ma Łew n nabyđus evo tyvbethmas, sev hai tyvngwiłt acevid hai tyvgertwł. Ođ dibod n hoi hynałał i Gas n điweđar er mwin cwfior hen salmwx ođ dicydio ynovo, gama din sin neudłi iw Łew. Ma nolamwg bod Łew n dałt doeth i neb i bethmas godivri evid, ganvod Gas didexra gweła. Leialoa odon gałvedru dwad ir cynuł erivodon goro ista nłe sevył.

Bebinag. Pan aru Hal eb ma si rwmia gweld Łew odonhw odovin dałt istyro. Osod Łew dicalhidi fordnol o salmwx Gas, mividan calhidi fordnol at Ang sal.

Acłi mavin u byta a ma Hal n hoi cynigor imi cyn madalami.

Nani, Ed,

ebovo,

haid i mi dadal n d1ig wan iti gal myndi gwsg. Po sib ma cwsg anod vido evid, po sib bid hiw vlinafoen ynovo. Nd bid ford mlaen at Ang sal ynovo evid.

Aru Hal deudagwir. Od hiw vlinafoen nadwy n nghwsg, velsa hiw salmwx dicydio ynovi. Hiw salmwx ymol. Aru mi efro a thavlivynu evid. Nd erimi davlivynu bwyd abału, ac ervmodin hoi poen am gołir si rwmia gweld cidhevor bwyd, haid nadodor si rwmia dim didwad ivynu. Tau bodnhw dicydio ynovi bynhyni, au crini dimynd imiwn imi. Xos od hiw deiml gohyvad ynovi pan odovi hwng cwsg ac efro, velsa mhen dicodi odwł a nghorf nsownd lehwna nhwł ohid.

Bebinag. Aru mi vyndi gwsg ahwnan drwm niwad. A gwiragair, mavin sbio drwi nghwsg ac mavin gweld vmodin cerad yngwiłt. Vel trocinta, blaw vmodin v1ig troma, heb nhad. Odovin drist xosni, trist nadwy, amina distyrio gweld nhad to a xerad cidhevovo to. Nd velma. Nasyt odo troma, minan cerad ngwiłt nv1ig heb nhad.

Nd arur hen deiml trist madalami wdn. Xos mavin gweld Ang sal to. Gwiragair. Acn binsith ma hiw gyfdro reidneis n cydio ynovi acn cymid łer teiml trist. Ođ Ang sal r1ion r1vath ar trocinta. N cropian arivol ymwd. N łusgoi gist gerviđ hiw haf ođo diglymu wrthidroed. N codi ben bobihyn i staxu a byxu. Radeg, radeg ođon mynd, n cropian heibiovi heb ngweldi, erivodon codi ben bobihyn i staxu. N mynd mlaen velsan đał imi.

Ođor cyfdro morgri ynovi bynhyn. Acłi velma rawhiđ yn całvedru hoi geiria ngheg, łi evid dmar cyfdron neud imi symud a gorigeg.

Obax, Angsal, obax. Haid iti sbio arnai. Dwin sio tavota cidhevoti. Đleti đim madalami cyn tavota, nid troma.

Nd daru Angsal đim sbio arnai. Daru o đim gorigeg xwaith, mnd staxu a byxu iđoih1. Mavon cropian mlaen heibioivi, velsan đał imi. Vel dođovi đim n łehwna o gwbwl. Vel dođovi đim n biw acłi dođovo đim n całvedru ngweld.

A mavin hoi co am eiria Hal wdn.

Haid iti gal gav arnovo, Ed. Haid modagymago a łusgo geiria honovo.

Acłi aru mi hoi camnes ato ac wdn hoi camnes rał. Nd ođon đał imi ohid, n cropian arivol ymwd velswni đim n łehwna o gwbwl. Velswni ymwd n łehwn acyntan Hiwlerał.

Wanta, haid i mi ineudo,

ebisi imivh1. A mavin hoi camnes atovo to ac wdn hoi naid arnovo a xal gav arno.

Aru Angsal godi ben ai droi a sbio arnai, aminan gorađ ar vmol ymwd niymylo, 1ławn gav ar isgwyđo. Nd erivodon sbio arnai bynhyn, ođo velsan sbio trwiđai nłe sbio arnai. Ođ ilygaidaon đu ac toigid evid n sgleirio, velsa hiw haul du neu dan du n łosgi tuviwn iđovo. Nd sbio trwiđai ođo evoi lygaida du tanłyd. Ac ođon neud hiw stumia evoi geg ai drwin. Velsa hiw deiml ynovo, acyntan methu dałt pabethma ođ n łehwna. Velsa diefro rol sbio trwi gwsg acn trio hoi co am babethma binag ođo disbio arno yni gwsg acn methu. Trion ođivri acn sion nadwy, nd dođon bo sib sbio arnovo to rol efro.

Mavin cal gav ođ n wełoweł arnovo, sev cal gav ar isgwyđrało evon ławrałi, ai dynu atai. Mavin modagymago. Ođonin2n rowlian bendroben ymwd, amina arucha 1adag acynta arucha radagrał, n rowlian acn cwfio. Ođovin trio gorigeg evid, nd ođ mwd dimynd ingheg, acłi dođovin gałvedru tavota, mnd neud hiw syna velhyn,

Ix ix ax, ix ix ax.

Nd ordiwađ aru mi gal gav argora arnovo. Aru mi iguro ac ista arnovo vclsan drawsbren nhwł. Amavin cal gav ariben evon 2law a sbio iviw ilygaida du tanłyd o.

Wanta, Angsal. Haid iti sbio arnai a gorigeg ac atab.

Agwiragair, dma Angsal n gorigeg, acnłe hiw staxu a byxu, mavon gorigeg ac eb vel twłđin, nd bod hiw vlas gohyvađ ar i đuł o siarad.

Syt witin gałvedru ngweld i,

ebovo, ai lais n glir acn đwvyn, erivodo xydig n hyvađ evor blasna ar i đuł o. Acłi aru mi hoi atab iđo,

Xos dwi dibyta si rwmia gweld.

Mae gweld n henair cyva,

ebovo wdn,

ac manđa geni glwad henair cyva ar davod twłđin ovanc. Nd toigid nid y si rwmia sin gweld.

Hiwsyt, ođovin cal gav ar istyro nohawđ bynhyn, acłi mavin dałt i nod. Ebisi velhyn,

Iawir, Angsal. Miwitin iawn. Aru mi sbio arnati drwi nghwsg orblaen, a dođovi đim dibyta si rwmia gweld nambid radagna. Bebinag, pabethma di henair cyva.

Henair sin gyva, siwriawn. Ac man haid imi vyndoma wan.

Amavon dexra symud to. Aru o đexra troi arivol er mwin cropian mlaen, ac erimi drio modagymago a łusgo hagor o eiria ałan honovo, ođo velsan hi gri imir trona. Acłi mavon troi arivol a nhavlu ođiwrthovon hawđ, vel pan ođovin blent 1 n xwara evo nhad, n xwara modagymu, a nhad n nhavlu ymwd.

Aru mi sevył a xodi ław i gal y mwd o ngheg an łygaida, nd ođo didexra cropian arivol ymwd ođiwrthai bynhyni. Ođovin vlin acn gaxstwn, xos ođovin dałt vmodi digwastraflur tavota cidhevo Angsal. Ac herwiđ y blini ar caxstwni, ođ hiw grini ornewiđ ynovi, acłi mavin hoi naid amdanavo to, ai droi arigevn ac ista arivolo velsan drawsbren. Amavin cal gav ar ibeno to evon 2law a sbio iviw ilygaidavo ac ovyn,

Wanta, Angsal, cyn madalami a mynd dwin sio iti davota cidhevovi am Jac sin Ben a Band miwn hiw rardalrał. Dwin sio dałt mwi amdanavo. Haid iti ebthai amdanavo cyn madalami a mynd.

Aru i hiwbethma godebig i wendeg mangđos ariwynab. Ac wdn aru đexra troi to, n hi gri i mi, acn nhavlu ođiwrtho vel oedol 1 n tavlu plent 1 ganol xwara. Ođovin gorađ ar nghevn ymwd wdn, a hiwsyt ođovi diblino miwn forđ hyvađ nesibodhin anođ imi godi to. Nd aru mi styrbio a staglu ac ista ymwd a sbio arnovon cropian ona. Mavin poeri mwd ongheg a galw ariolo,

Xwarteg, Angsal, xwarteg. Haid vmodi ditynu xydig o eiria rił ałan honot ti. Haid iti ebthai am Jac cyn madalami a mynd.

Aru o godi ben xydig ai droi drosgwyđ i sbio arnai, acyntan dal i gropian gidalramsar. Amavon galw nol drosgwyđ wrthiđo gropian ifwrđ,

Ma mynd n henair cyva evid.

8

Dođođim n syn cyndod ovathynymwd vmodi diefro heđiw evo hiw boena mhobman a hiw gleisia ar vmreixia acar nghoesa. Dođođim dibod nhawđ tavota cidhevo Angsal a modagymago abału. Nvwi nadim, ođ hiw boen nadwy n 1 onghoesai, velsa Angsal bron ditynu nghoes onghorfi n stod n modagymuni.

Blawni, ođovin vlin evovivh1 acn hwistedig nadwy ganvmodi dimethu. Tavota am Jac ođovin sio ineud, nd hiwsyt aru Angsal davota am hiw bethmas gowanal. Wel nani, haid bod Angsal n nabyđus evoi veđwlih1.

Aru Hal đotraw i nhwł xydig rol bwyd pencintar diwrnod, n tori drwi vol sio clwad vhanas nosneithwr. Ođovin dis cwl i hiw deiml hwistedig gydio yn Hal evid rol imi eb vhanas, ganvmodi dimethu cal gan Angsal r1nion bethmas ođovi dibodn sio u cal ganđovo. Nd nidłi. Ođ Hal wrthivođ ganvmodi disbio ar Angsal drwi nghwsg to ac evid ditavota cidhevovo.

> Bedir hots am n1nion natur y tavota,

ebovo.

> Man đa clwad dyvodi disbio arnovo to. Ođovi dihoi gobaith biđar si rwmia n ineudo, nd tosna đimbid sin siwr pan ma Ang nghwestiwn, blaw sonam Angsal.

Dwimn dis cwl biđ Angsal n gorigeg a goriganol vel dani, Ed. Nidvelna man tavota. Tavota cidhevovo sin obwys, Ed, nid y sytarmođ. Acmiwiti didexra arni wan ac mahynin ođa. Wir r, Ed. Ođa.

Rorgora, Hal,

ebisi,

nd methu aru mi. Debo vo đim bid thai am Jac. Cal gwpo sytma doda Jac i Rardalama ođ n nod ni, nd aru mi vethu iw galo i davota amni. Mnd tavota am hiwbethmas rił aru o.

Obax, Ed, obax,

ebovo wdn.

Po sib eba vo hiwbethma thoti am Jac dronesa. Tavota cidhevovo sin obwys. Gad iđovo benivynu pabethmas ma o am davota amdananhw. Haid hoi co am 1faith obwys. Seviwhyni, bod Angsal n nabyđus evoi veđwlih1n.

Wanta, Hal,

ebisi, xydig n syn cyndod,

nan1ion veldwi didexra synio amdanavo. Haid ivodon nabyđus evoi veđwlih1 acn siwr oi styr ai nod ih1.

Haid,

ebo Hal. Ac wdn aru o angđos imi hanas y diwrnod hidna. Ođ niver ođa dimynd i hel ngwiłt, No a Łew nuplith, ganvod Gas dimynd n wełoweł bynhyn. Ođ Łewn sio xwilio am hagor o si rwmia gweld, ar łił sgwrs n xwilio am helbethmas. Pawb ar i vog covn, velarv.

Mavin synio wdn nadođovim n neud hiw lawro đimbid, a fawbrał n brysur ni helva ih1, acłi codis ac eb thoHal vmodi am vyndodwł aneud hynałał. Nd aru Hal vnali.

Đleti đim,

ebovo, n cal gav ar vmraix acn vłusgo ilawr i ista to.

Na haid iti neud dimbid heđiw, Ed, mnd gwrndo ar rawhiđ. Haid hoi co am 1faith, sev dna iw dhelvadi wan gama ti iw Parxacedovn Rardalama.

Acłi dna aru mi neud drwir điđ. Sev dim ławro đimbid, mnd ista a synio, ac evid cerad o gwmpas Rardalama xydig. Macw a macw. Synio am i styr. Nd ođovin dal diblino adeudagwir rol hołhanas nosneithwr, acłi dođom nhawđ synion hi glir.

Rolsbel manhwn dodnol, sev y hai ođ dimynd ihel ngwiłt bencintar điđ. Xydig rol imi vyta bwyd nos a xydig cyn i dwyłwx nos dwałt ih1 drosbobman, ođna dipin o davota a swn, velsa na gynuł ardroed, acłi mavin myndodwł a m1o ar cynuł. Ođna gyfdro lehwna evid, xos ođ 2bethma gobenig didigwiđ iđanhw n stod u helva.

N ginta, aru nhw gal hidi gwplax o greiria. Sev 3 hononhw. 2 dam aid bax or med hal, 1 siap trwin, neu drihongl velma deud n mbał dwł, ar łał ndebigi gynfon łygmor. Wdn, plasd ig ođor darn rał, hiwbethma ovawr acn grwn. Ođ Alam n i đal ivynu acn galw drosbobman.

Vi aru gal hidiđovo, vi. Ma bron diono hono ineud drws twł newiđ imi. Eła ivodo. Dwi am drio wan.

Obax, Alam,

ebo No.

Haid inigid synio amdanavo cyn penivynu pwsin igalo ac evid pabethma đlasa vod. Haid ini gid trwintinani miwn cynuł, nid jest cipavo velna. Bebinag, aru pawb hononi iweldo ymwd r1prid, ndyvodi dihedag atovo a xydio ynovo cyn nebrał.

Dođ Hal đim dimynd ihel cidhevonhw, nd aru o godi ław. Rol i bawb stewi, mavon eb velhyn,

Miviđar darnhwna or med hal n neud pen gwewyr fon ođa ođivri. Gałvedr hiw1 hoi minahanar arnovo. Nd haid synio am y łił xydig to cyn cal gav ar u noda gora.

Aru pawb gid drwidino bod Hal n siarad cał i neb a doeth i neb.

Wdn mavin clwad am rail or 2 bethma gobwys ođ didigwiđ n stod u helva. Ođonhw di dotraws hiw dwłđynion dir arth o hiw rardalrał, n hel ngwiłt velma hiw1. Erubodnhw ar u boga abału, aru nhw angđos n binsith or cyxwyn nadođonhwn berig a dexra tavodneisia evo helwir Rardalama. Aru nhw davota amsbel, n cid hamaru hynałał n u rardalrałnhw evo hynałał n Rardalama.

Ac aru No sonam y drevn 2weđ o weiniaith sin cal i siarad lehwn điđhwn wan, sev voih1 n Ben a Band ovath onivodon gwrndo ar y cał i neb ar doeth i neb mar Parxacedovn n eu deud acn u heb thovo. A dmanhwn sonam y Parxacedovn wdn, sev yvi. Ođor twłđynion riłma dical hel a hynt evo snaxwir Fwrđ evid, acnoluswnođ bywyd dimynd no galed n u rardalrałnhw, n waethowaeth na Rardalama hidnoed.

Aru No ar łił hoi hiw awg ar u hymnhw bod bywyd n mynd n wełoweł ođiđiđiđ n łehwn. Ebonhw vmodi amgal Jac i đodma an codi gid ovwd i dwłgweł. Ebo Simpyl ibodhin haws hel ngwiłt cidhevovi evid, xos ma rawhiđ n siosial n nghlust acn n vneudin hyveđolo wybyđus acn hyveđolo nabyđus. Acevid ebovo thonhw ibodhin vwi tebig biđ r Haulih1 n mangđos ih1 pan dwin cerad ngwiłt miwn helva.

Acłi ma hai or twłđynion dir arth n angđos ubodnhwn sio hoi paid am vodn đir arth a mynd n nabyđus cidhevonigid. Aru nhw eb thoNo ar łił ubodnhwn sio dotraw i Rardalama iviwacaros, ac aru No gid drwidino a deud bod croesarlaw iđanhw os ođonhw am symud twłacardal. Debig ubodnhw dimyndnol iwtyła wdn i gal u pethmas nghid, xos ebonhw cyn madal ubodnhw am đotraw i viwacaros a neud tyła newiđ lehwn n binsith điđnesavori.

A dna xos y cynuł. Pawb n Rardalama wrthivođ acn wendeg igid. Hain deud bod Rardalaman mynd n wełoweł abału. Aru Simpyl đexra hoi geiriargan, 1 heb lawro styr na nod, mnd hiw syna bax reidneis. R1ig eiria ođovin gałvedru dałt ustyrnhw ođ hiwbethman debig i

    Welawelawel

ac evid

    Mani, wanta, wel mani wanta.

Dođna lawro styr na nod blawni. Bebinag, dođovim n sio gwrndo ar Simpyl n hoi geiriargan xos aru hiw deiml go boenus mangđos duviwn imi, hiw deiml n awg ar irymo gałvedr perig vod lehwna gostal ar da. Hiw deiml n hoi cynigor imi dlaswn vynd n radeg, radeg, a synio amdani. Eła rawhiđ ođo, nd eła mavin synio drostavinh1 acn eb cał i neb thainh1 ođo.

Bebinag. Mavin cerad ifwrđ i gyvair nhwł nd dma Hal n can vlini acn hoiław arnai, a fan aru mi droi atovo mavon gorigeg ac eb velhyn,

Pabethma sin bod, Ed. Ma nolamwg dyvodin hoi poen am hiwbethma.

Ia wir, Hal, nasyt mahi,

ebisi,

dwin hoi poen am faith bod hiwhai am đotraw a neud u tyłan lehwn cidhevoni.

Wanta, Ed, haid iti hoi paid amni. Man ođa. Man angđos nbodnin ineudhin iawn, xos ma hiwhairił am symud i Rardalama iviwacaros. Manhw am siarad n weiniaith 2weđ newiđ cidhevoni, ac dwin međwl bodhynin arwiđ nadwy ođa.

Rorgora, Hal, ma dałtni arnai, ac dwin gid trwinhini ibodhin arwiđ nadwy ođa. Nd hoi poen am faith rał dwi. Seviwhona, biđ haid i ni hoi cyvri am u bolia. Hynydi, haid i No amina hoi cyvriamvol pob1 wanjacson. Debig biđ mbałł1 n cyvriahanu at Rardalama. Biđ mbałł1 n ođan neud hiw bethmas. 1rał n ođan hau caboits i dyvgertwł. Ac 1rał ton ođa at hel łygomor ngwiłt. Rorgora. Łi biđ bywyd n mynd n wełoweł lehwn ouherwiđnhw. Nd, arlawrał, man debig biđ na hai sin lawrgwaelod evo hiw salmwx neu gili. A hai sin hihen i vynd ar helva ngwiłt. Mbał1 n đaiđim velma mbał1. Nd ma 1pethma nowir, Hal. Seviwhyni, biđ haid i bob1 wanjacson hononhw gal bwyd ynigeg a bwyd ynivol. Biđ na hagor o gega a bolia iw łenwi. Syt viđhi ososna vwi velna na hai siđim velna. Syt viđhi ososna vwi o volia iw łenwi hebrunvaint o hwplaw ław xwanegol. A haid hoi co am 1pethma gobwys. No amina viđ n cyvri am ubolianhw. Ni viđ n gyvriamvol ambob1 ganubodnhw di dodma i viwacaros herwiđ pabethma aru nhw glwad amdanavi ac am No ac am n weiniaith 2weđ newiđ.

Gałvedrai weld bod Hal n sio gorigeg, nd daru mim adal iđo neud. Ođovin sio dodiben a deudvneud, acłi mavin eb mełax velhyn,

Acevid, Hal, ma pethmarał sin hoi poen ivmeđwli. Mar twłđynionman međwl bodr Haulih1 n mangđos acn sgleirio o dwłngheg tao dwłnhini. Biđanhwn dis cwl hiw bethmas gobenig geni, Hal. Velma pawb lehwn n Rardalaman dis cwl hiw bethmas gen i điđanos wan.

Mavin stewi wdn, nd cynimi gal troi a myndinhwł, ma Haln hoi ław arnai to acn vsgwidi xydig.

Na haid iti hoi poen amni, Ed,

ebovo,

mnd gwrndo ar rawhiđ acevid tavota cidhevo Angsal panman bo sib neudni. Teiml cyvriamvol sin drwm arnati, dnai gid. Miwitin goro cyvriamvol velma oedol1 n cyvriamvol iblent1. Łi maivod gama ti iwr Parxacedovn.

Ia, po sib, Hal. Nd tosnar 1 plent1 dibod n Rardalama ers sbelnol. Adeudagwir, vi ođor 1loa ac dwim dibod n blent1 ers sbel bynhyn.

Wanta, Ed, po sib ma naxos, po sib ma dna pam witi dimynd n Barxacedovn. Hynydi, xos ti iwr plent1 loa sidibod n Rardalama. Vel ebosti 1waith, y cinta viđ loa ar loa viđ cinta.

9

Dma aru đigwiđ nosneithwr cynimi vyndinhwł. Dođ Łew đim dical hidi si rwmia gweld n stod uhelvanhw, erubodnhw dical hidi bethmas gobwys rił, sev y creiria acevid y twłđynion goglen riłna. Nd dim si rwmia gweld. Toigid, dođovin hoi hiw lawro boen amni. Xos ervmodin dałt bod haid imi sbio ar Angsal drwi nghwsg to, dođovim n sio cal nosrał ar si rwmia gweld. Ođ diono gleisia drostai a diono boenau ynovi velođo, hidnoed rol cal diwrnod cyva i vynd n wełoweł. Łi mavin myndi gwsg velarv.

Nd gwiragair, hiwbrid n stod nosneithwr mavin sbio drwi nghwsg. Aru mi sbio ar hiw bethmas gođivriril, nd tosna ran iđanhw n łehwn acłi dwim am son mwi amdananhw. Rol imi sbio ar gwpwl or pethmasriłna, mavin cal vmodin cerad ngwiłt to, a dimbid iw weld nd mwd. Dim cerrig. Dim łygomor. Dim prena biw bax. Dim mieri mwi ar. Dimbid nd mwd. Amavin clwad hiw swn wdn, hiw staxu a byxu n dwadobeł. Agwiragair, dmavin gweld Angsal n cropian arivol ymwd tuagatai obeł. N cropian acn mlusgo vatha hiw bri ceniwair, acn codi ben bobihyn i staxu a byxu.

Nd wrthiđovo đodnes acnes, mavin gweld bod hiwbethman owanal troma. Sevođhyni, faith dođor hen gistna đim lehwnan cal iłusgo ganidroedo. Mavin sbio novalus a łygadgrafu, n xwilio am y tam aid haf, n medwl eła ivodo dicropian dros hiw garreg neu hiwbethma ahwna ditori haf ai gist dimyndiaros ymwd n hiwle. Nd dodovin gałvedru gweld 1hiw haf ogwbwl wrthidroedo.

Odo dicropian noagos byni, aminan gałvedru gweld iwynabon glir. Nd erivodon codi ben bobihyn, dododim n sbio arnai ogwbwl, a ma hiw deiml siom a hwistedig ynovi wdn, amina dihoi gobaith bidavon hoi co amdanavi acn gałvedru ngweldi troma.

Nd nani. Cropian n nes acnes odo, acłi mavin neudbarod, xos odovi dipenivynu ineudon iawn troma, sev tynu, cravu a łusgo diono eiria honovo. Ia, acevid łusgor geiria iawn honovo. Acłi panodon vymyli, mavin hoi naid amdanavo a xal gav ynovo evon 2law. Mavin modagymago, anin2n rowlian ymwd bendroben, n cwfio acn staglu nesvmodin igurovo acn ista arnovo velsan drawsbren nhwł. Aru mi gal gav aribeno aidalon sownd velna nesivodon sbio arnai.

Wanta, Angsal, manin tavota cidhevongili to,

ebisi rol imi wcld bod ilygaida du tanłyd n sbio iviw nłygaidaina. Aru o gorigeg wdn ac eb velhyn,

Dwi dibod n dis cwl dyweldi to a dma ti.

Ma dałtdim arnai, Angsal. Sytwiti dibod n dis cwl ngweldi osnadwitin gałvedru ngweldi nesvmodin cydio ynoti acn ista arnati velhyn.

Man glirimi osnadiwn gliriti, din bax. Nd dwi dibod n dis cwl.

Mavin hoi co am igisto wdn.

Narxos dwitim didwad evo dygistdi troma, Angsal,

aru mi ovyn iđo.

Xwarteg, đin bax, ma mwi na mwd n dybendi. Ia wir. Dwi diguđio nghisti covn dyvodin trio gweld pabethmas si ynđihi troma.

Diguđio dygist hiwlen ymwdma ta hiwlen Hiwlerał. Dwin sio dałt sytma mynd olehwna i lehwn ac ibapethma witin łusgo cist olehwna hanvwiar amsar.

Ma mynd n henair cyva, đin bax. Acma cist evid n henair cyva,

ebovo, ar tan nilygaidavo velsan łosgin vwi acn vwi acn łosgi forđ drwi mheni.

Wanta, Angsal. Natin tavota am heneiria cyva to. Na hiwbethmarał dwin sio i đałt. Pabethma iw henair cyva. Miwitin tavota am hiwbethmas gowanal acn cymid ntavotani i hiwle gowanal i rardal dwin sio meldahi. Acłi miwtin neudimi siarad hwistedig iaith, Angsal.

Ma siarad n henair cyva evid.

Nd ma dałt dim arnai, Angsal. Bedi heneiria cyva.

Wel, đin bax. Dwi am i hoihi velhyn. Manhw vel creiria.

Ac wdn ođo velsavon calhid iw nerth to acmavon troi acn nhavlu velswnin blent 1 bax acyntan oedol 1 mawr cri.

A dna oďovin ista ymwd, n sbio ar Angsal n łusgo ifwrď oďiwrthai.

Haid vmodi disbio arnovo drwi nghwsg no agosat ďiwaďnos a dexradiď, xos mavin gori nłygaidan binsith rol i Angsal madalami a gweld golan dodimiwn odan drws nhwłi.

10

Ođovin sio gweld Hal nbinsith acovyn ami gynigor, acevid ođovin sio tavota cidhevo No am babethmas ođ dibodn digwiđ n Rardalama. Nd dođođimn bo sib xos ođ hiw gynuł nadwy o swnłyd n cal igynuł bencintardiđ. Aru pawb đododwł a dexra neudbarod i hoi croesarlaw ir twłđynion a ođ n dodma heđiw iviwacaros.

Agwiragair, novuan mar dynion dir arth n cyrađ. Haid bod y hai ođ ditavota cidhevo No ar łił ngwiłt diangđos istyro i hairił n u hardalrałnhw, xos nid 4 ođ didodma nd 7. Ođ uhynanhw xydig n hin naHal au vancanhw xydig n hin namina. Pob1 wanjacson n cyrađ ncludo hiw bethmas. Hanvwian cludo sax vatha sax hel ngwiłt, nd ođ 2 hononhwn cludo trawsbren twł evoigili, a hiw saxa govawr diclymu arnovo. Pob1 n oswisgo diład clwt dineud o grwin łygomor ac mbał đarn o hiw hen gynvas evid, r1vath ani. Ia, n mangđos nodebig ini. Nodebig mhob sytamođ.

A dma No n hoi camnes wrthiđanhw gyrađ a xodi law. Ac wdn mavon codi lawrał ai hoi arni narwiđ, velma neud, a gorigeg.

Croesarlaw ixi,

ebovo. Ac wdn ma pawb o Rardalaman eb vathavo, aminan uplith,

Croesarlaw ixi.

Dwi mnd n galvedru hoi co am 1troral panoɗ hiw1 disymud iviwacaros i lehwn o hiw rardalral. Sevoɗhyna, pan aru Łew ɗodma. Plent1 oɗovi radagni, a nhad niviw. Ac novuan rol iɗo neudidwł n łehwn dma nigid n mynd novalx ivodo didodma ganivodon ɗin go wybyɗus evo pethmas tyvgertwł acevid pethmas tyvngwiłt. Acłi mavin hoi gobaith bod hai or twłɗynionma amvod nwerth acn xweil ucalnhwn łehwn evid.

Oɗ pawb n tavota cidhevoigili am hynałał, acłi oɗor dynion newiɗ n hoi paid am vod n ɗir arth acn dexra myndn nabyɗus ini. Nd rol xydig mavin calsylw Hal a No ac angɗos vmodi am davota cidhevonhw nhwł.

Acłi mhendim manin3n istan nhwłi. Braiɗngyving gama trawsbren rcitvax si geni, nd dnavo, oɗ ista digwag su evongili velna nineudhin haws ini siosial nłe tavotan uxel.

Aru mi sonam hanas nosneithwr, sev vmodi disbio ar Angsal drwi nghwsg to ac vmodi dimethu igalo i davota am Jac to.

Acdwin vlin nadwy evovivh1 xos dwi digadal iɗovo gal ławuxa arnai to,

ebisi, n siosial tho Hal a No.

1 gogrwys dio. Oɗovi dipenivynu łusgor geiria iawn ałan honovo troma, nd hiwsyt aru o nghali to a neudimi wastraflu nhamsar n tavota am hiwbethmasrił. Aru o sonam heneiria cyva nłe gadal imi ovyn am Jac. R1vathar trorałna.

Obax, Ed,

aru Hal siosial wdn, nhoi stum ari wynab velsan snugo aridavodih1, n cravbenu. Mavon daliwynt amsbel, ai voxavon mangđos vel hiw si rwmia mawrgrwn. Velsan trio dal pob1 pethma ođo dibod n synio amdanavo duviwn iđo au stwnsion iawn. Wdn mavon xwythu iwynt ałan drwi geg điđaint a gorigeg to.

Wanta. Haid ini hoi cyvri am bobdim sin wybyđus ini. Nginta acn syml, faith ivodon Angsal o Hiwlerał nłe bodn dwłđin vathani. Acma Angsal n nabyđus evoi veđwlih1. Łi haid bod heneiria cyvan bethmas gobwys osdio dipenivynu tavota amdananhw. Acnail, ebovo ubodnhw vel creiria.

Rorgora, Hal,

ebo No wdn, ailaiso xydig n uwx na siosial,

dna aru Ed đeudthoni. Nd danim n gosax atđałt i styr ai nod.

Obax, No, obax. Dani wrthin trio cal gav ar istyro, acłi ma haid ini gravbenu a hoi cyvri am bobdim sin wybyđus.

Nd bedi henair cyva a sytman debig i grair,

aru No ovyn inin2, ai lais xydig n uwx to, n angđos i hwistedig iaith. Ođovin dałtiveđwl nođa. Hoi poen am faith ivodn Ben a Band acn goro cyvriamvol pawb ođ n biwn Rardalama. N dis cwl clwad cał i neb geni, n dis cwl imi siarad vsiar or weiniaith 2weđ, nd dođovi đim dical ławro styr iwhoi iđovo.

Ma dalt dim arnai, No,

ebisi, n hwistedig acn dexra codi lais evid. Nd dododim n debig bod nebral n galvedru clwad. Od diono swn acevid twrw dualan. Pawb n tavota cidhevoigili, n myndn nabydus evoigili, acevid swn staxu gwaith, evor hai newid n dexra neud utyla abalu. Acli dodovi dim n hoi poen am godi lais velna a siarad nuwx.

Dalt dim, No. Mnd bod heneiria cyva obwys aubodnhw vel creiria.

Ama rawhid n meldami wdn acn hoi geiria n nghegi, n neudimi siarad cal i neb dodovidim dimedwl isiarad cyni.

Wanta. Haid dexra trwi ovyn bedi crair.

Nawan, Ed,

ebo No,

miwitin tavotan debig i Hal wan, n gwastraflu gwynt.

Obax, No,

ebisi,

di Hal hebdi gwastraflu iwynto acdwim n neud xwaith. Ma furd mluen drwir mwdma, nd haid can ilinhin iawn osdani am gyrad lehwnan saf.

Rorgora, Ed, mandrwgeni.

Wanta. Mavin ovyn to. Bedi crair.

Odor 2ral no staw, n lygadgrafu arnai acn dis cwl imi hoi

atab inovynvh1. Acłi mavin gorigeg to a siosial velhyn thonhw, yn can lin siosial rawhiđ n nghlusti,

Ma crair n bethma sin brin.

Ođovi dicodi ben i sbio aryr xydig gola ođ n dodimiwn odan drws nhwł. Nd ernadođovin sbio ar Hal a No, ođ hiw deiml ynovi ubodnhwił2n sbion ograf arnai acn dis cwl, n sio nadwy am imi đodiben anhebi. Nd siosial a siarad n radeg, radeg ođovi.

Mnd pobihyn ma twłđin n calhidi grair ymwd ngwiłt.

Radeg, radeg, pob 1 gair n dwad imi drwi siosial rawhiđ a mina wdn n i siosial thonhw.

Nd clwad gair ma hiw1 nłe iweldo.

Radeg, radeg.

Acłi mnd pobihyn ma clwad henair cyva.

Aminan siosial n radeg, radeg ohid.

Ac osiw crair iw weld ymwd ngwiłt, ma henair cyva iw glwad ymwd geiria.

Ama rawhiđ n siosial penđiwađ istyro imi, aminan i siosial i Hal a No,

A bedi mwd geiria nd tavota.

Eb.

Siarad.

Iaith.

Aru Hal hoi hiw sbonc bax n i ista ar drawsbren

nhwł a gorigeg, acyntan siarad nuwx na siosial am drocinta.

Nani. Ma crair n bethma prin. Acłi pethmas prin miwn iaith iw heneiria cyva, mnd iw clwad bobihyn, vel ma hiw1 mnd n calhidi greiria ymwd ngwiłt bobihyn.

N1ion, Hal. Ma rawhid diangdos i styr ai nod imi,

ebisi, aminan troi i sbio ar wynab Hal ac wdn n troi i sbio ar No.

Acma rawhid n siosial hiwbethmarał n nghlusti. Man deud ma tavota amni vid Angsal rowndiril nłe sonam Jac. Acłi man haid imi neud 2bethma. Sevnginta, gwrndo ar Angsal ohid a synio hidnes vmodin wybydus evo styr a nod pob1 gair dwin ilusgo honovo. Acnail, haid imi galhid i Jac mhenvh1. Dwi am vyndodwł didnesavori. Dwi am vynd igwiłt mhenvh1 a xwilio am Jac. Arur snaxwir deudnvras mhahiwle ma rardalrałna. Hynydi, rardalrał łema Jac n Ben a Band acn ar i wain adag hclva acn cal ławriawn nvwi o lygomor nanin gałvedru ucal.

Na, Ed. Dydiom n gał,

ebo No,

man hi berig. Tos neb n cerad benih1 ngwiłt. Gostal ani, miwitin hiw obwys gama ti iwn Parxacedovn.

Obax, No,

ebo Hal,

manwir. Toigid, rawhid sin hoi awg ari rym ma

dma đlasa Ed ineud. A haid i Ed gan lin rawhiđ ac ma haid iti wrndo arnovo panman siarad cał i neb.

Aru No ista no staw amnhir rolni. N sbio lawr arlawr nhwł acn cravbenu. Ac wedn mavon codi ben a sbio arnai a gorigeg ac eb velhyn,

Iawnta, Ed. Dwin gid drwinhini. Ma nolamwg ma dma si haid. Dwi am vyndodwł wan a deudargoeđ tho pawb dyvodn madalani điđnesavori i xwilio am Jac. Ac dwi am đeud evid i bawb hoi paid am boen amdanavo. Biđavin deud dyvodin can lin rawhiđ ir gwiłt abod rawhiđ nsiwr ođodar Parxacedovn noli Rardalaman saf n y dyvacodl.

1 d r o s 1 0

Aru No alw cynuł bencintar diwrnod heđiw, imi gal madalniawn. Acłi rol imi hoi bwyd ymol mavin dodonhwł a myndir cynułle. Od pawb n łehwna nbarod, twłđynion newiđ gostal ar hai ođovi dibodn nabyđus evonhw gidal vmywydi. Cynuł cyni hwis ahwnan vawr ođo, r1 mwia cyni hwis imi vod nđo ri oed. Erbod y glaw ndodlawr nodrwm, nvwi na velarv hidnoed, dođ nebn oswisgo diład drosiben. Od pawbn angđos iwynab velsan sio cal iweld nglir, a blewben acevid blewynab pawb n wlipsob, a nebn hoi poen ovathynymwd amdani. Pawbn wlipsob ovxosi, hidnoed hai newiđ nadođn nabyđus cidhevovi. A hain međwl vmodin gałvedru neudir Haulih1 angđos a sgleinio odwłnghegi tao dwłnhini acton derbin vmodin madalanhw nghanol glaw mordɪwɪn ani. Ama hiw deiml xydig nođrwg ynovi, aminan gweld bod pawb n nabyđus evoigilin reidneis bynhyn amina hebdi cal gav ar gyval ivyndn nabyđus evor dynion newiđ. Nd dnavo, ebisi thovivh1, ma haid imi neud pabethma ma haid imi neud, a bid diono gyval ivyndn nabyđus evonhw rolimi đodnol onhelvai. Nd arlawrał aru hiw laisbaxrał duviwn imi đeud eła viđavi vithn nabyđus goiawn cidhevonhw. N deud eła ma bywyd go1ig iwbywyd Parxacedovn.

Ođo No velsan clwad pob1 pethma ođovin i siosial imivh1, xos mavon codi law a gorigeg ac eb velhyn,

Ma Ed nParxacedovn dicyrađ. Acłi ebavi wan nbodni miwn cynuł cyni hwis, ahwnan vawr. Ebavi wan vod ncynuł didexra. Po sib tan debig daxir hai si newiđ đodma iviwacaros đim dical gav ar gyval ivyndn nabyđus cidhevovo to. Nd daxi pob1 wanjacson n dałt digon amdanavo. Adeudagwir, naxos daxi gid didodma nłecinta, sev igal bodn han o Rardalama, sev rardal sin cal iharwain gan drevn 2weđ. Dwi dical cyval i vyndn nabyđus evo pob1 honoxi, amavin eb acn deud bod y Parxacedovn n siosial gair i gał a doeth i neb n nghlust i. Acłi ma o dibod ar i wain arnoxi nbarod drwiđovi. Acma dihoi croesarlaw ixi veldwi dihoi, acnwir vel ma pob1 n Rardalama dihoi. Acłi dmani gid n mgynuł cidhevongili velhyn am drocinta, a velwxi gid, xos n cynuł heđiw iw iweldon madalaniniawn.

Ac wdn ma Non troi atai acn hoi camnes atai a hoi ław ar vsgwyđi.

Madalniawn, madalnođa, Parxacedovn,

ebovo, ai law vawr gri n wag su vsgwyđi.

Madalniawn, madalnođa, Parxacedovn,

ebo pawb evoigili wdn. Adnar ebargoeđ vwia oran niver imi iglwad ri oed, ri oed. Aru hiw deiml ođa gydio ynovi hiwsyt, hiw deiml ođon hanar teiml cyvriamvol pob1 ođn łehwna, acevid hanar teiml n gri, velsa pawb n Rardalama n hoi crini a nerthni imi.

Aru pawb stewi rolni, ac ođonhw pob1 wanjacson n sbio arnai. N łygadgrafu. Ma Non cymid hiw gamnesnol wisgigevn. Velsan deud, mati wan, Ed.

Diolx am eb madalniawn, madalnođa, ebisin uxel.

Ma pob1 pethma aru No i ebthoxin łolwir. Dwin gwpo ivodo dieb thoxi gid nosneithwr cyn myndi gwsg am babethma dwin sio ineud heđiw. Seviwhyni, madalaxi a mynd igerad ngwiłt a xwilio am rardalrałna łe ma Jac n Ben a Band. Po sib biđ rawhiđ n angđos pethmasrił imi n stod vamsar ngwiłt evid. Po sib đim. Nd ebavi 1pethma thoxi lehwn điđhwn heđiwan. Seviwhyna. Miviđain dodnol i Rardalaman viwacniax acn wybyđus am Jac osnadn nabyđus cidhevovo. Dwi am gerad mwd gwiłt mhenvh1, nd tosnam ovn gwiłt arnai. Tosnam gwiłtovn o gwbwl arnai. Xos ma mwd n ginta accvid n loa. Ma pob1 hononi digcni ymwd acevid biđ pob1 wanjacson hononin myndivwd adag ivarw. Cinta viđ loa ar loa viđ cinta. Men a men.

Aru No hoi i2lawo ivynu ac eb nuxcl,

Men a men.

Ac aru pawb godi 2law evid ac eb r1vath,

Men a men.

Dma Non hoi camnes mlaen wdn a xodi ław a deud,

Cyndodiben argynuł, ma Simpyl am hoi geiriargan argoeđ.

Agwiragair, ma Simpyl n gorigeg acn dexra hoi geiriargan no uxel,

Miwn cynuł trocinta
nd nid y troloa

danin cid trwintina
ivodon ođa,

Ac man gynuł gowanal
viđ lehwn n namal
a weiniaith n gostal
sin ođa igal.

Ama Non hoi hiw arwiđ imi vod cynuł arben, acłi aru
mi vyndigasgl mhethmas igerad ngwiłt. Nd darur łił đim
gadal y cynułle, ndnhytrax arosn łehwnan gwrndo ar
Simpyl n hoi geiriargan velna.

Ac wrthimi vyndona ir gwiłt, mavin clwad łeisiarił n
m1oa łais Simpyl. Bobihyn argyxwyn, bobn1, bobn2. Nd
cynihir, dma pawbn m1o acn hoi geiriargan cidhevoigili,

Miwn cynuł trocinta
nd nid y troloa
danin cid trwintina
ivodon ođa.

A dma hiw deiml gogrin cydio acn hedag drwi nghanoli
wrthglwadni.

Acłi aru mi vynd ifwrđ ona evor łeisianaigid n hoi
geiriargan cidhevoigili velna, a hiw swn n nghlust acevid
hiw deiml n nghanoli dođovi diclwad ri oed nmywydi. Ri
oed, ri oed.

2 d r o s 10

Acłi na lehwna ođovi mhenxydig, n cerad mhenvh1 ymwd ngwiłt. N1ion velswnin mynd arhelva. Sax arnghevni a gwewyr fon nław. Nd bod geni 2 hononhw, sev 1 mhob1 ław. Gwewyr fon weđolovax, sev łuxfon, n 1ław. Gwewyr fon weđolbraf nvławrał, sev r1 newiđ ođ Hal dineud evor crair med hal nan ben arnihi. Aru Hal hoi minoberig arnovo ac aru o gal gav ar đarn pren ođa ogri gyvar ifonhi evid. Acłi ođhin wewyr fon obenig. Po sib r1 ora imi idal n vław ri oed. Ođ No dieb argoeđ nhinweđ faith ivodon Ben a Band dlaswni vyndahi cidhevovi i gerad ngwiłt ganvmodin mynd mhenvh1 acn v1ig. Acłi mavin cerad n1ion vel vmodi arhelva nd vmodin v1ig. Na deiml hyvađ nadwy evid, bodn cerad mhenvh1 ngwiłt velna.

Ođor glawn dodlawr nođrwg ohid vel odo dineud bencintar diwrnod. Aru mi đis cwl gweld xydig o rawhirlas. Dis cwl gweldr Haulih1 n mangđos ih1 hidnoed, nd dođombid nd r1 hen gynvas o gymyla łiw mwd, a dim gola nd gola łiw mwd nłivo bobihyn đrwir hen gynvasna o gymyla. Rawhir r1łiw n1ion a mwd gwiłt a glawtrwm rowndiril drwir diđ.

Aru mi drio gwrndo amlais rawhiđ wrth gyxwyn igerad, nd ałvedraim clwad dimbid n siosial duviwn imi. Mnd swn nghanolnh1 n curo acn curo. Acłi velma ođhi drwir diđ. Glawtrwm nłe rawhirlas a xuro nghanolnh1 nłe rawhiđ. Am đivlas.

Heblais rawhiđ n siosial nghlust acn deud pa đarna or mwd dlaswn gan ulinnhw, ođovin goro penivynu vh1. Aru mi drio i gyvair rardalrałna ođor snaxwir ditavota amdani. Ođovin goro eb cał i neb imivh1 a synio amngora, ganvod rawhiđ dimadalami velna. Nd ođ nolamwg bod nghanolin myndn is acnis bob camifwrđ odwł.

Mavin hoi smal vmodin gałvedru clwad pawb n hoi geiriargan argoeđ ohid. Hoi smal bod ułeisianhw n cyrađ nghlust n łehwna łe ođovin cerad ngwiłt.

> Miwn cynuł trocinta
> nd nid y troloa

abału. Sgwrs, dođovim n clwad dimbid, mnd dyxanamygu vmodin clwad łeisia. Aru mi synio wdn vmodin hoi co am eiria Simpyl acłi mavin penivynu trio hoi geiriargan mhenvh1. Acłi mavin gorigeg ac eb argoeđ velhyn,

> Miwn cynuł trocinta
> nd nid y troloa
> danin cid trwintina
> ivodon ođa.

Nd dođhiđim nhawđ imi gal swn geiriargan. Acłi mavin trioto evo mwi o swn reidneis nđi troma,

> Ac man gynuł gowanal
> viđ lehwn n namal
> a weiniaith n gostal
> sin ođa igal.

Ođon cydio hiwsyt acn mynd nođa. Acłi dna lehwna ođovin cerad mhenvh1 ngwiłt acn hoi geiriargan imivh1.

Agwiragair, ođhin codi nghanoli nesvmodin synio bod xydigo rawhirlas duviwn imi osnadođo duałan.

Rol imi gerad velna am sbel golew, aru mi weld łygmor obeł nihegluhi dros godi adir bax ymwd acn divlanu. Ođ n haid imi veđwl wdn, xos dlasa dibodn bo sib imi luxior łuxfon a łađ y łygmorna. Dlasa dibod nohawđ. Nd ođor cradur diclwad ngeiriargani obeł acłi ođon neudbarod iwhegluhi ona velna.

Mavin synio wdn a međwl bod hoi geiriargan velna ngwiłt n bethma goberig. Gałvedrai hiw dwłđynion dir arth vnglwadin dodobeł a neudbarod i neud amdanavi, er ang haift. Acłi aru mi benivynu ibodhin wełoweł i hoi paid am vngeiriargan. Aru mi drio ihoihi nostaw, sev tuviwn imi n vmeđwlvh1, nđ dođom n codi nghanol n r1furđ ai hoi argoeđ. Acłi mar diwrnod nmynd nođivlas to.

Acnvwinahyni, ođovin dexra hoi poen nadwy am 1faith. Sevođhona, dođovim n gałvedru clwad łais rawhiđ ogwbwl. Dim smic. Ođ velsa rawhiđ dimadalami ambith. Acłi mavin dexra synio nol a međwl vmodi dibodn dwp i vyndi gerad ngwiłt nv1ig mhenvh1 velna. Mavin dexra međwl vmodi dineud camsynio nadwy. Nadwy iawn. Aru hiw deiml nadwy gydio duviwn imi, teiml velław griaxaled n cal gav ar nghanoli. N cal gav acn gwag su. Uvn ođo.

Nd ervmodin dexra međwl vmodin debigo varwngwiłt cynynos, dođovim n styriad troinghevn a myndnol xwaith. Ałvedraim hedag nol adeud vmodi dipenivynu dodnol hebđim sonam Jac. Acłi mlaenavi drwir glaw ar mwd ngwiłt. Ovn n gwag su nghanoli drwir amsar.

Ałvedraim hoi paid am synio amforđ ođ rawhiđ dimadalami angadal n cerad ngwiłt hebđovo. Ođon hiw deiml xydign debig i radag aru nhad varw. Ođ nhad dibod vel drws ntwłni, vel darn cri o bren hwng gwyntaglaw a mina. Rol iđovo varw ođ velsam bid n nghadwin saf. Mnd vivh1 nv1ig nerbyn pobdim.

Aminan cerad ymwd ngwiłt nv1ig velna acn hoi co amnhad, mavin međwlam hynałał ođon iđeud am vwd gwiłt. Amrhyn ođ n berig am dir arweđ gwiłt abału. A ganvymodin hiwsbio ilawr bobihyn, vel ma hiw1, covn vmodin gweld hiw grair ymwd, mavin hoi co am hiwbethma aru nhad ebthaivi amni evid. Sevođhyni, ivodon dałt styr a nod creiria. Hynydir xos ubodnhwn mangđos ymwd bobihyn ar xos ubodnhwn bethmas gobrin.

Ebovo ma darnabax ovywyd henbobol iwr creiria ma twłđin n calhid iđanhw ymwd. Aru mi ovyn iđovo 1waith sytbod bywyd henbobol didivlanu velna, acmavon hoi atab velhyn. Man debigi batrwm ma hiw1 ni weld arvwdsix aradagbrin panadosna law. Mar mwdn syxu acn craxu acn creu hiw batryma. Weithia manhwn bethmasbax reidneis isbio arnanhw. Nd wdn dmar glaw ndodnol acn gwlyxu pobdimn gorn acmar patrwm ma din dibodn sbio arnovo dimynd drosgo ambith. Acłi ma bywyd henbobol didivlanu ers sbelnol amwi, vatha henbatrwm ymwd rolglawtrwm. Nd ososna hiw garreg ta hiwbethmarał sin vwicaled narmwd acynta dibodn han or patrwm, ma din ngałvedru iweldo ohid hidnoed rolir glaw xwalu gweđił patrwmymwd.

Daru mim gweld crair ymwd gidalramsar, nd dođom hots

geni amni ogwbwl, xos ođ hoi co velna ameiria nhad n wełoweł olawr na xalhidi grair. Ođvel calhidi grair ymeđwl nhytrax na xalhidi grair ymwd. Dwin gwponiawn vmodin odebigo galhidi grair ymwd to hiwle hiwđiđ. Nd arlawrał, dwimn debigo weld nhad to, a dnar xos ođor co nan wełoweł na xrair. Acłi dma hiwdeimln cydio ynovi acn codi nghanoli hiw xydig.

Aru mi aros amxydig hiwbrid a byta xydigo gigsyx onsaxi. Acevid aru mi đal ław ivynu ai łanw evo glaw ac hyvad dwrglaw, velma hiw1 n ineud ngwiłt. Ođovi xydig ngrivax rolimi vyta ac hyvad acłi mlaenavi wdn evo mwi osbonc n ngheradi. N penivynu o gyrađ hiwle cynynos.

3 d r o s 1 0

Daru mim cyrađ r1 hiwle niwađ. Ndal n cerad drwi vwd gwiłt ođovi pan athndywył, acłi dođor 1dewis geni nd myndi gwsg lehwna nghanol n1łe. Aru mi gal hidi hiw le cyn cuđ i arosnos. Leialoa ođ n le gweđol gyn cuđ acłin weđolo saf.

Toigid, tosr1łen saf i arosnos ngwiłt. Acłi dna lehwn ođovin efro hanvwiar amsar, n synio ohid vmodin clwad hiw syna nadwy. Po sib mnd łygomor n cerad macw ođonhw, nd po sib evid ma hiwbethmarał ođ n vstyrbio velna drwirnos. Po sib ma Anghau ih1 ođ n cerad ogwmpas vnghwsgle ngwiłt, n stelcian acn staxian, n deud,

> Mavin dwad.

Xos velna ma Anghau n siarad ivarwol iaith panman dwad i hoir marwoling iti. Ma pob1 twłđin diclwad amdanovo, aminar 1vath, diclwad amdanovo gan nhad panođovin blent 1 govanc. Acłi ođ nhawđ dyxanamygu n stod nos vod Anghau n stelcian acn staxian nvymyl acn siosial drwir gwyntaglaw,

> Mavin dwad i hau aci gasgl.
> Mavin dwad evo marw nvsax.
> Mavin dwad nsiarad vmarwol iaith.
> Mavin dwad i hoir marwoling iti.

Dnar nos vwia nadwy dwi dibod drwiđi ri oed, hwng gwyntaglaw, rawhiđ n gwrthod meldami, ac Anghau ntrio siarad ivarwol iaith cidhevovi velna.

Dwin synio amdanovo wan ganololađiđ ac ma nolamwg ma mnd vnyxanamyg ođo. Rolycwbwl, aru hi đim hoi paid am vwrw glawtrwm drwir nos acevid ođor gwynt n xwythu nođrwg. Ođ diono syna i đrysnu nghlust an međwli. Toigid, snebn gaɫvedru daɫt styr a nod pethmas orvath. Po sib bod Anghau ih1 distelcian ogwmpas nvymyl n staxian acn eb velna. Pwawir.

Bebinag. Ođhin nosonanivir, aminan gorađ miwn mwd gwlib ar glawtrwm n mosod arnain điđiwađ drwirnos. Dwim n gaɫvedru hoi co am vodn wlipax ri oed n vmywyd. Mavin efro evor gola bencintar diwrnod n gwbwlwlibsop acn ɫolaxwbwl vlinadeg.

Nd rol imi gal tam aid iw vyta onsax, dma xydigo rawhirlas n dexra mangđos ih1. Mnd darn byxan ovax ođhi, nd rawhirlas ođhi r1vath. Acɫi aru nghanoli godi. Gostal ani, dođorhcn Anghau đim diçal gav arnai n stod nos. Dođođim dical hoir marwoling imi niwađ. Acɫi ođ hiw deiml nweđol debigi deiml wrthvmođ n cydio ynovi wrth ir tam aid byxan baxna o rawhirlas đexra mangđos.

Ac rolimi gerad hiw lag neu 2, gwiragair, dmar Haulih1 n mangđos iwynab a hagor o rawhirlas ndwad cidhevovo. Acn can lin rawhirlas ar Haulih1 dma rawhiđ n dwad acn siosial nghlust ac angđos forđmlaen drwir mwd imi.

Mavin dotraws hiwle evo tir ar weđ xydig nwanal, ncodi

hiw xydig ar mwd nvwi solet dandroed. Gałvedrai weld obeł vodna hiwbethma arben y codi adirna ac rolimi đodnes mavin gweld ma hiw xydig o vieri mwi ar acevid xydig o brena bax biw ođ n tyvun lehwna.

Acłi mavin cerad ivynu igopar codi adir asbio ogwmpas a synio. Ođ nolamwg bodna hagor o brena bax biw dibod ntyvun lehwna, nd bod hiw1 didwad au tori au codi. Gałvedrai weld evid vod hiw1 dibod n casgl mwi ar, xos dođnam mwi ar ir arvieri, mnd xydig o hai nadođ dimyndn ir. Aru mi gerad ilawr roxor rał wdn nesbod y mwd nłai solet acn vwi međal to. Amavin sbio no valus a gweld linolion traed. Hain cerad i gyvair y codi adirna acevid hain myndona ir cyvair rał. Ođor glaw digolxi ławro hononhw ifwrđ, nd toigid gałvedrai weld diono hononhw i đałt pabethmas ođ didigwiđ. Ma đałt arwiđion ymwd ndebigi đałt sgwenyđiaith ar bap ir. Ma din nsynio ambatryma man ugweld acwdn man dodiđałt ustyr au nod. Acłi dmar hanas aru mi iđałt drwi styriad patryman lehwna. Seviwhwna, bod hiw dwłđynion dibod n lehwna n stod điđ diwetha n casgl mwi ar ir acn tori prena bax biw, ac wdn aru nhw vyndnol r1 forđ ođonhw didwad.

Ođor Haulih1 n sgleirio nogri bynhyn a hagor o rawhirlas iw weld, acłi mavin cerad nol i ben y codi adirna ac mavin cymid vniład ifwrđ nesvmodin łolnoeth au styn ardraws y mieri iđanhw gal syxu. Aru mi ista ymwd nymyl a byta xydig o gigsix a dis cwl am ir diład vyndn weđolo six. Wdn mavin oswisgo to a dexra cerad, n can lin y linolion traedna.

Agwiragair, cynynos dmanhwn dodami i rardalrałna.
Sevođhona, rlođovi dibod nxwilio amdani. Amavin
diolx i rawhiđ acevid ir Haulih1 amvynd ar u wain imi.

4 d r o s 1 0

Am hiw xos ođovi didis cwl i rardalrałna vodn owanal. Man debig xos bod Jac ih1 n Ben a Band n lehwna.

Ođovin dis cwl bod hiw bethma gobenig amdani. Nd dođhiđim n mangđos nwanal i Rardalama obeł. Ođhi xydig nvwi na Rardalama velođhi sbelnol cynir twłđynion newiđ symud i viwacaros a siarad n weiniaith 2weđ newiđ cidhevoni. Acevid xydig nłai na Rardalama velma điđhwn rol ir hai newiđ symudiviw.

Sgwrs ođ hiw1 digweld vmodin dwad acłi bynimi gyrađ ođ niver hononhwn lehwnan neudbarod ingwarvodi. Ar u boga abału.

Rol imi đodnes mavin hoi vmoga ilawr arvwd ac angđos v2lawag iđanhw. Ođovin dis cwl i hiw1 đeudaneud croesarlaw imi, nd daru neb eb dimbid, mnd sevył n lehwna velna ar u boga a łygadgrafu arnai. Acłi rolsbel mavin gorigeg ac eb velhyn,

Osna groesarlaw i đin dir arth n lehwn. Dwi didwadma i davota cidhevoxi acevid i gidsynio. Po sib gałvedrani snaxu xydig cidhevongili evid. Pa1 honoxi di Jac.

A dna hiw gyfdro drwiđanhw velswni dideud vmodi am ułađnhw, velswni dieb argoeđ vmodi didwad evo marw n vsax iđanhw. Pob1 n codi vog xydig nuwx acn neudbarod i gwfio. Codisi v2lawag nuwx to. Aru mi drio hoi gwendeg evid.

Ama 1 hononhwn hoi camnes atai. Din govawr ođo, nvwi hidnoed na No. Ođ hiw olwg reidgas ar iwynabo, velsa dibyta cigbwdwr neu hiwbethma pyx velna.

Vidi Pen a Band Rardalama,

ebovo, ailaison swnio n1ion morgas ag ođ iwynabon mangđos. Erivodon tavodvina velna, ođovin wrthvmođ ivodo dideud pwođovo, acłi mavin gorigeg ac eb,

Dawan. Tidi Jac łi.

Aru 1or twłđynion rił duol iđovo xwerthin wdn, nd dma 1 or łił n sbion galed arnovo velsan dcud cau twł thovo. Ac wdn mar Pen a Band mawrna n gorigeg to ac eb,

Sytwitin gwpo am Jac.

Aru snaxwir Fwrđ son,

ebisi. Ođ vmreixiai didexra brivo bynhyn acłi aru mi adael in2law syrthio. Nd daru mim plygu a xodi vngwewyr fyn xwaith. Ođor din mawr gogas n łygadgrafu arnai gidalramsar, velsan trio penivynu hiwbethma cyn gorigeg to.

Nd wdn dmar 1 aru xwerthin n codi ben agalw, n tavodvina arnai,

Nid vo di Jac.

Ac wedn ganvod y łał digadal y łygmor osax ahwnan viw, dmar din mawr n gorigeg acn eb velhyn,

Velna mahi. Sam dwi. Pen a Band Rardalama.

Ođovi dimyndi đrysnu nadwy, acłi mavin ovyn iđovo,

Pwdi Jac ta.

Mavon aros amnhir, pawbn ostaw, pawb n dis cwl iw Pen a Band hoi atab imi. Ac rolsbel mavon penivynu gorigeg to,

Ma Jac dimynd iwdwło i gal xydig o gwsg.

Ođovin sio ovyn pwnlion ođ Jac acevid eb vmodin sio iweldon binsith, nd aru rawhiđ siosial n nghlust adeud ma radeg, radeg dlaswni vynd wan. Acłi mavin trio tavodneisia velsana đimbid obwys.

Nani ta. Rorgora. Osna groesarlaw imi arosnos lehwn ta,

ebisin đidaro.

Os, siwriawn,

ebo hiw lais rał o hiwle, xydign belax ifwrđ. Amavin gweld niver o đynion rił n cerad atani, didwad outyła iweld pabethma ođ n digwiđ. Ođor łais nowanal, xydig n uwx acn vwi međal nararv. Bynhyn ođor łił dicyrađ łehwna ođonin sevył, evo minan sbio ar y dynion ođ ar u boga nhw, anhwythan sbio arnaina. A dma 1 hononhwn siarad, sev r1 evor łais gowanal na to.

Gałvedrai arosnos lehwn, siwriawn. Dwin hoi croesarlaw iđovo.

Aru mi weld pw ođ n gorigeg evid, amavin dałt n sithbin nad din ođo. Dođnam blewynab ganđovo ac ođ siap igorfo xydig n wanal, ac evid sgwrs swn ilaiso. Acłi mavin dałt nbinsith nad din ođo ogwbwl nd dynas. Dođovi đim digweld 1 no agos ri oed. Hynydi, dwim n gałvedru hoi co am weld 1, ganvod vmam digadal panođovin hi ovanc i gadw co amdanihi. Nd toigid ođon nolamwg ma dynas ođovo. Neu, vel dlaswni đeud, ođon nolamwg ma dynas ođhi. Xos hi ođhi. Pethma nolamwg sgwrs, nd toigid dydiomn hawđ i dwłđin vathavi, amina dibodn biw nghanol twłđynion hebr1 verx na dynas nymyl gidal vmywyd.

Bebinag. Hi ođ r1 ođ digorigeg a hoi croesarlaw imi. Debig ibodhi dicodiław ahoir arwiđ evid, nd dođovim n sbio ari 2law hi.

Gałvedrai weld ibodhin weđolohen ganvod ławro wyn n iblewbenhi. Nd ođ igwynabhi nolew olyvn ohid ac ođ n mangđos velsar hanvwia oi daint ndaln ixeghi. Acłi mavin synio ibodhi xydign iauna Hal.

A dma hiw syniad n cydio n vmeđwli. Ođo dicydion nadwy ogri byniđihi đodibenadeud, morgri nesvmodin ixalhin anođ međwl am 1hiwbethmarał. Sevođhwna, ma hi od vmami.

5 d r o s 1 0

Acłi na lehwna ođovin vuannahwirax, sevn ista nithwłhi acn tavota cidhevohi. Hynydi, n istan utwłnhw acn tavota cidhevonhw, xos ođhin biw evo hiw dwłđin renw Bob. Ođo xydign hin nahi. Po sib ivodo morhena Hal, nd bod mwi ođaint n igego nag ođ gan Hal bynhyn. Aru hi ebthai cyncyrađ utwł ma Mai ođ ihenwhi.

Croesarlaw aramod aru mi igal. Ođ Sam dideud hiw hynałał thai cyn gadalimi vyndevo Mai a Bob iwtwłnhw. Sevnginta, bod haid imi vynd cydhevo 1ai Mai nynta Bob drwir amsar. Hynydi, dođođim n gadal imi gerad o gwmpas rardal mhenvh1. Acnail, dođovim n cal melda roxor rało rardal. Ođ nivero dyłan lehwna nd dođoviđim n cal ugweldnhw, hidnoed evo Mai a Bob. Mavin synio am babethma ođ tunol i hynałał Sam, ac mavin cal gav ar istyro. Sevođhwna, bod Jac ih1 nbiwn lehwna, sev n1 or tyła dođoviđim n cal meldanhw.

Aru Mai đeud bodna hendwłgwag no agos iwtwłnhw aibodhin bo sib imi arosnos ynovo. Aru hi đeud evid ubodnhw, sev hi a Bob, amimi vyta cidhevonhw cyn myndi gwsg.

Acłi dna lehwna ođonin3, n ista ar utrawsbren mawr, diłanw bolia evo hiw gymysgwx reidneis o gig poeth a xaboits a si rwmia. Ođonhw n nadwy oglen. Twł reidneis ođ utwłnhw evid. Diono le i Mai aci Bob acevid imina ar u trawsbren mawr. Ławro bethmas dodathrevn idwł acevid cwsgle mawr a six arwan. Ođna danbax n łosgin neis miwn twłbax ovlaen y trawsbren, a hiw ogla ođan łanwrłe.

Nani, Bob,

ebo Mai rol ini đodibena byta,

aru mi đeud ivodon đin ovanc no weđus acn oglen. Ndaru mi tađim.

Aru ti, Mai, siwriawn,

ođ atab Bob, acyntandal ignoi xydig ar dam aid o agsgwrn łygmor.

Gwiriti, Bob,

ebo hi, n swnio velsahi wrthibođ ac arbenidigon,

xos mavin iweldo, wsti, Bob, ndwad owiłt evor Haulih1 n sglcirio ar iwynabo. Acmavin ebthainh1, wel wel, Mai, dma đin sin cerad ngolar Haulih1. Acmar golanan angđos ma wynab reidneis iw iwynabo evid. Acłi mavin penivynu neud pabethma aru mi ineud.

Acnwir, ođotin gwbwlowir, Mai. Velarv.

Rol i Bob eb velna arur 2 stcwi amxydig. Acłi mavin cymid cyval i ovyn,

Ibabethma daxix2 morglen evovi nłe bod n amlheus vel pawbrał nrardalama.

Wanta, Ed,

aru Mai đeud,

gałvedri ihoihi velrał ac eb velhyn, pam bod pawbrał n Rardalama mor amlheus anin2 đim.

Ia, siwriawn,

ebisi, n tavodneisia cidhevohi eribodhin dałt dim arnai ohan styr igeiriahi. Rol xydig, mahin gorigeg to,

Xos dwin međwl dyvodin đin axanđo. Hynydi, gostal abodn đin ovanc goglen. Acłi man drueni bod pawbrał mor amlheus. Manhwn methu hiwbethma gobenig. Dwim ngwpo to pabethman1ion, nd miviđain dałt n vuannahwirax.

Dawan a diolx, Mai,

ebisi,

nd ibabethma manhw moramlheus.

Wanta, Ed, di Sam đim n sio ini eb dim amdanavo thati, nd dwi am neud r1vath. Gałvedr vodn oberig ivynd nerbyn Pen a Band, nenwedig 1 morvawr ablin axri aSam, nd dnani. Ma hiwbethman ebthai ma dma sin iawn.

Aru hi stewi amxydig wdn a sbio ar y tan. Mavin dexra hoi poen ibodhi dinewid imeđwlhi a dipenivynu hoi paid am đeud ycwbwlot thai. Nd rol xydig mahin gorigeg to.

Wanta, Ed. Man debig dyvodi didexra synio am 1faith, seviwhona, bod Sam ar łił n cadw Jac ođiwrthati. Hynydi, danhwđim n sio iti weld Jac acłi dwitim n cal mynd nymyl idwło.

Miwitin łygadole, Mai. Ođovi didexra synio velna.

Rorgora, Ed. Nd mana lawro hanas am Jac, acłi ma haid iti glwad ihanas igid cyn dałtniawn hynałał acamod Sam. Rol clwad ihanaso man debig biđin dałt ibabethma manhw mor amlheus.

Dwin gwrndo, Mai, n glustigid.

Mani, Ed, mani.

Acłi aru Mai siaradasiarad a deudadeud. Aru Bob eb hiw bethma bax bobihyn evid, n m1o acn xwanegu mbał đarn or hanas. Nd Mai ođ n neud hanvwia or siarad.

Ebohi ibodhi didodivwd n lehwna, sev n r1ion1 twł łema Bobahi n biw. Hi ođor 1ig verx aru bcnivynu aros. Ođor łił igid dimadal amyndiviw n Fwrđ neu hiwlerał, nd ođ Main sio aros herwiđ Bob. Ođo didodivwd n lehwna evid, sev miwn twł nymyl twł Mai, ac ođor 2 dipenivynu spanođonhwn ovanc ubodnhw amviw cidhevoigili hiwđiđ. A dna aru đigwiđ.

Mavin dałt hiwbethma gobwys arglwad hanhona ou hanas. Sevođhyni, nid vmami ođhi. Pan aru istyro gydio, ođon ergydovawr. Ođ n brivo. Xos ođovi dihoi gobaith ma hi ođ vmami, acłi ma lehwnu ođovi, n dis cwl clwad ławro bethmas amdanainh1 acevid am nhad. Gostal ani, aru hiw styriad gydio ynovi eła biđahin dodnol iviwacaros n Rardalama to.

Nd nid gwiragair ođo, xos Bob ođor 1ig dwłđin mahi dibiw cidhevovo gidal ibywydhi a dydihi ri oed digweld Rardalama.

Acłi dna velma. Eribodhin siomovawr imi, ođovin daln weđolovalx, xos mavi arvin clwad hanas Jac ordiwađ. Nd ođ n haid imi đałt ławro hanas Mai a Bob cyn dodat hanas Jac.

Aru hi sonam uplantnhw. Tri hononhw. Nginta, 1mab aru varw panođon ovanc, ndaln blent 1. Herwiđ hiw salmwx gogas. Wdn ođna verx acevid mabrał. Pan ođ merx Mai a Bob n dexra troin oedol 1 aru nhw benivynu vyndona a symud i fwrđ, xos erbod Mai dibiwn lehwna gidal ihoeshi ođon nolamwg nadođon le i verxad a dynesa. Velma pawb n dałtniawn, dydir hanvwia ođynion sin biw miwn tyła đim n bobol ma merxeda a dynesan sio bod n nabyđus cidhevonhw.

Acłi manhw ił4 n madal a xerad drwir gwiłt i Fwrđ. Dođom nhawđ xwaith, ganubodnhw didotraws hiw đynion dir arth gogas ngwiłt abału, nd aru nhw gyrađ Fwrđ niwađ nviwacniax. Aru Mai đeud bodna lawro bethmas am Fwrđ gałvedrai sonamdananhw thai, nd hanasrał ođo acłi biđan haid imi aros am gyvalrał i glwad hołhanas Fwrđ. Nd aru hi đeud 1pethma amlehwna, sev ivodon łolwanal isyt ma twłđynion n synio amdanavo. Hynydi, erbod pobol Fwrđ nbiw miwn pethmas govawr sin wełoweł na thyła acerbod genonhw lawro bethmas reidneis, vatha diład cynvas gođa abału, dođ Mai đim wrthibođ narosna. Ođna hai vatha PenaBandia ođn deud hynałał a velmaivod acłi dođneb ncal neud velođon sio ineud, blaw ivodon can lin hynałałrhen BenaBandiana. Erbodna giminto bethmas reidneis mhobman n Fwrđ, ođ velsaneb vithn deud cał i neb na doeth i neb. Dna ebo Mai amdanovo. Acevid dnanhwn gwrthod gadal i dwłdynion vel Bob ai vab Dai symud iviwacaros, mnd meldarłe drosdro evo Mai.

Bebinag, dma oď n obwys am Fwrd osavacnbwynt hanas Jac abału, sev faith bod pobol Fwrd n gwrthod hoi croesarlaw i Bob acevd i vab Mai a Bob. Man debig ma dna velmahi n Fwrd. Mnd merxad a dynesa sin cal symud iviwacaros. Hynydi, tydi pobol Fwrd dim am gal hiw dwłdynion n dodna i neud utyłanhw acaros. Adeudagwir, dna n1ion pabethma sin ixanolhi. Tosna dyła ogwbwl yn Fwrd ganvod pobol nbiw miwn pethmas gowanal i dyła n lehwna. Nd hanasrał di hwna, vel ebisi.

Acłi rol 2nos n Fwrd oď n haid i Bob acevid iw mabnhw Dai vyndona. Aru Mai benivynu myndnol iw henrardal cidhevonhw a gadal umerx n lehwna ganivodon le gwełoweł acłi oďhin sicrovodn vwi wrthiboď evoi bywyd. Lis oďo ihenwhi. Tydi Mai a Bob dim di hoi łygad arnihi ersni. Acmanhwn dodnol ac ailgydion uhendwłnhw, sev r1 manhwn biw ynďovo ďidhwn.

Dai oď enw mab Mai a Bob, veldwi dieb nbarod. Aru mi ovyn ibabethma oďonhw digalw uplantnhwn Lis a Dai młe Bax Mai a Bax Bob. Amar atab aru Mai i hoi imi, sev ma Bax Bob oďonhw digalwr mab cinta, nd ganivodo dimarwn ovanc oďonhw dipenivynu wdn vodna forď wełoweł o alw enw ar blent 1.

Bebinag. Ma Dain myndn oedol 1, a din gogri a goglen oďo evid. Gostal ani, oďon wybyďus acn nabyďus. Debig bod pawbn rardal wrthivođago. Hiw vlwyđyn axydig rol gadal Lis n Fwrđ adodnol iwhendwł iviwacaros, ma Bob a Dai a hiwhairił n hel ngwiłt acn dotraws nivero đynion dir arth. Acnłe cwfio, manhwn tavotan reidneis cidhevoigili acmar hai dir arth n eb ubodnhw didodna obeł. Obeł ac obeł.

Agwiragair, ođonhw dicerad nbełax i gyvair Fwrđ na Fwrđ ih1 hidnoed, ndibodnhw digoro cerad ogwmpas Fwrđ nłe mynd trwiđovo ganvod pobol Fwrđ mor amlheus acn gwrthod hoi croesarlaw i dwłđynion dir arth. Amanhwn ebtho Bob a Dai ar łił vod tir ar weđ łehwna nowanal, bodna godi adir sin vwi nag 1hiwbethma ođ n bo sib iđanhw iđyxanamygu. Aru nhw eb evid vod na vwi o gerrig iw gweld ymwd n lehwna, acnidn1ig bodna vwi hononhw nd bod y cerrigih1 n vwi, acevid hiwsyt nvwi han or tir ar weđ nar mwd. Ac mar codi adir nmynd ivynu acivynu, nuwx acnuwx, velsan trio hoi pig drwir cymyla a xyrađr Haulih1 n rawhir.

Gostal ani, ođna hiw bobol nbiwn lehwna, debig i snaxwir Fwrđ ndubodnhwn vwi goglen acn vwi wybyđus hiwsyt. Ac aru nhw đeud bodna bethmas gowanal iw cal n lehwna, pethmas gowix iw cal. Acevid mana groesarlaw i bawb sin gałvedru cyrađ lehwna ameldago, nwanal łi i Fwrđ.

Acłi ma Bob a Dai ar łił n dodnol or helvana diłanw arhołhanas, axinpendim ođor hanas diłanw pob1 twł n rardal. Ođ pawb n sio gwpo mwi amdano a xal pabethmasbinag ođonhwn gałvedru ucal n lehwna. Agwiragair, pencintar diđnesavori, aru Sam alw cynuł cyni hwis ahwnan vawr. Acarur cynuł benivynu dlasai niver hononhw vyndiwiłt a xwilio am lehwna. Acłi ma Dai mab Mai a Bob acevid 4 dinrał ncal udewis ivynd irhelvana.

Dma sbelolew anebnclwad dim amdananhw. 5 diwrnod. 7 diwrnod. 10 acwdn 3dros10. Dimson. Dimgair. Nd n niwađ, rol 5dros10 diwrnod o đis cwl acaros, dath Dai nol nviwacniax, r1ig 1 or 5 ođ dimyndona arhelvana. Xos ođ 2 hononhw dipenivynu arosabiw n lehwna, ndeud ivodon le gwełoweł aubodnhwn gwrthod myndnol iw tyłan uhenrardalnhw. Xwarteg, ebo Mai amni. Nd aru ir 2rał gal ułađ miwn cwfas evo dynion dir arth arforđnol o lehwna irardal.

Acłi mnd Dai đathnol, benih1 bax. Toigid, dođođim benih1bax ganvod Jac didodma cidhcvovo.

Sgobananwil,

ebo Mai rol iđihi đodiben arhanas,

ođ Dai wrthivođa Jac. R1ig 1 n Rardalama ođ n dałt Jac argyxwyn. R1ig 1 ođ n gałvedru cal Jac ivynd ar i wain miwn helva. Adeudagwir, ođ hain dexra hoi awg ar urymianhw dlasa Dai vodn Ben a Band n lehwn nłe Sam. Nd dođ Dai đim n sio bodn Bcn a Band, mnd paran neud hynałał cidhevo Jac acn hwplaw Jac ineud pabethmas ođon uneud ini.

Aru hi stewi wdni ac ođ velsar hanas acevid ntavotani arben amynos. Toigid, ođna hiwbethma gobwys dođoviđim n cal gav ar istyro, acłi mavin gorigeg acovyn,

Acłi mhalehwna ma Dai wan, Mai.

Ma hiw deiml gođrwg ncydio ynovi wdn, xos aru hyni neud i Mai đexra twałt dwr oi łygaidahi. Aru mi godi ław miwn arwiđ drwgeni, nd ma Bob n codi ław evid a gorigeg,

Paid hoi poen amdano, Ed. Velma hi arnani.

A dmavon hoi ław arsgwyđ Mai ac ebthohi miwn łaisbax ostaw,

Obax, Mai, obax,

ac wdn aru o droi atai ac eb velhyn,

Dani dihoi Dai ymwd ers hiw vlwyđyn wan, Ed. Aru hiw đynion dir arth ar u boga hoi mosod arnanhw 1tro n stod helva, ntrio cymid Jac. Ufaxogwfas. Cig lavan, adeudagwir. Aru nhaini lađ pob1 wanjacson hononhw n niwađ, nd aru iniver onhaini gal ułađ evid, a Dai n u plithnhw.

Ođ Main syxu iłygaidahi evo 1ław acn cydion ławBob evor ławrał. Acwdn dmahin troi atai a gorigeg to.

Ma cwplaxo bethmasrił dwin sio udeudthoti, Ed, cyniti vyndi gwsg amynos. Manhwn myndi wiłt điđnesavori i hel łygomor acłi biđ Jac ar i wain iđanhw. Dwin gwpo dyvodin sio gweld Jac, acłi gałvedridi vynd no staw a sleibax a xan ulinhw. Ma 1pethmarał evid. Seviwhyni, ma Jac wrthivođn cal sylw. Hynydi, man wrthivođ oswitin tavodneisia cidhevovo acevid nhoi hiw lobaxamwxa iđovo. Dna aru Dai iđeud. Haid hoi co am faith bod Dain vwi nabyđus cidhevoJac nanebrał n Rardalama. Tydi Sam ar łił đim n trin Jac velna hiwsyt. Manhwn cadw xydig n hiw hidvraix, n can ilino velsan Ben a Band adag helva nd wdn n igadw n i dwło ar drws dicloi. Tos neb n neudevo Jac vel od Dain ineud.

Diolx, Mai, a diolx to,

ebisi,

nd pamwiti moroglen. Pam witin hoi croesarlaw morvawr imi acn ebr hołhanas thai, a Sam ar łił n sio cadw Jac odiwrthai.

A mahin dexra twałt dwr oi łygaidahi to.

Xos, Ed, velarumi deud argyxwyn,

ebohi,

odovin gwpo dyvodin din goglen pan aru mi dyweld ndwad owiłt evor Haulih1 n sgleirio ar dwynabdi. Adeudagwir, aru mi vedwl dyvodn mangdos nodebig i Dai.

Od hin neud hiw syna vatha

Ix ix ix

bynhyn, ar dwr n twałt dios igwynabhi vel glawtrwm. Acłi mavin eb diolx to thanhw a dexra codi, n sio madalanhw amynos, nd aru Mai godi ław anali.

Ma 1pethmabax rał, Ed,

ebohi, igeiriahi velsanhwn cwfio evor henswn ix ix ix na wrthdodałan oixeg.

1pethmabax rał dleti iwpo am Jac.

Rorgora, Mai. Bedi hwna,

ebisi.

Wanta, Ed. Ma gan Jac 2enw. Ebo Dai vod pobol n łehwna siđ dudraw i Fwrđ n i alw wrth 2enw.

Bedi renwrał łi, Mai.

Rws, Ed. Dna ođo. Jac Rws.

Acmavin diolx to a madalanhw amynos.

6 d r o s 1 0

Rolimi vyndodwł Mai a Bob aru mi vyndi gwsg miwn hendwłgwag oð n weðolo agos at utwłnhwtha. Doðor 1 copabiw dibiw ynovo ers sbelnol. Doðnam drws ar adwirtwł a doðnam trawsbren xwaith. Nd ganvod adwir twł arogwiðolew, doðor glaw igid ðim nhedag imiwn n stod nos.

Doðoviðim n sio myndi gwsg bebinag. Oðna ormo bethmas imi synio a styriad n ucylxnhw. Nginta, Jac. Acnail, helva ðiðnesavori, aminan goro can lin a gweld Jac heb i Sam ar łił ngweldina.

Acwdn, dna bobdim ebo Mai am lehwna sið dudraw i Fwrð. Doðovi ðim diclwad amdanavo ri oed cynhyni. Ri oed, ri oed. Acłi oðo velsa hiw1 digori drwstwł am drocinta, aminan gweld gola am drocinta. N gwpo am drocinta vodna hiwle duhwnt ir łehwn.

Acevid, hiwbethma oð n vwi o gyfdro nar cwbwlot hiwsyt, n xwaran vwi ar vmeðwli acn neud inghanoli guro ncsivodon sbonc. Nd nid cyfdro asbonc rcidncis igid oðo, nd nhytrax 1 oð n hoi poen abrivo. Sevoðhyna, Mai acevid vmam. Doðoviðim n całvedru hoi gobaith bełax ma Mai oð vmam. Doðnam po sib a doðnam eła. Toigid, aru hi ðeud ibodhin meðwl vmodin debig iw mabmarw Dai. Acłi mar cwbwlot n hedag o gwmpas vmeðwl i vel hiw lygmor miwn pot, nsgrialu acn sgriału acn trio cal hidi forđałan. Hiw deiml gogri a gohyvađ. Teiml sin hanarođrwg acevidn hanarođa.

Aradaga mavin sio dyxanamygu forđat synio bod Main vam imi wdnaxwbwl, hiwforđ siđimn gał nacn xosamol nd toigid n atab hiw alw gogri tuviwn imi.

Acwedn aradagarił ma hiwsyniadrał n cydio acn troi tuviwn imi nesivodon myndn boen acn đolur. Seviwhwna, cid hamaru Mai evo vmami, a međwl wdn osođ Mai dipenivynu hoi paid am sio symud iviwacaros n Fwrđ ac osođhi didodnol iw henrardal i viw miwn twł evo Bob ai mab Dai, ibabethma ođ vmami dimynd a madalani a deud dnavo.

Gostal ani, aru mi hoi co am Angsal a međwl dlaswni drio myndi gwsg a sbio arnovo. Xos ođovi dicołi gav hiwsyt ar vsynio a vstyriad amdanavo, aminan obeł ođałt istyro ai nod acevid iveđwlo. Dođovim n nes atđałt n1ion sytma heneiria cyvan debig i greiria, blaw gwpo bod creirian bethmas gobrin ma hiw1 mnd n cal hidiđanhw bobihyn ymwd acłi haid ma dna iw natur heneiria cyva evid hiwsyt hiwvođ. Nd blawni, dođ styr a nod Angsal đimn gwbwloglir imi.

Teiml đlet swiđ ođo, sev vmhenin deud dlaswni synio am Angsal ai styr. Nd arlawrał ođ nghanolin sio synio am vmami a Mai. Pen ndeud 1pethma a xanol ndeud pethmarał, pob1 ndeud dlet, dlet, dlet. Dna n1ion bedi teiml đlet swiđ.

Acłi hiwnos velna ođhi, diłanw evo stwrastaxu, aminan methu cal gav arhoł styr a nod vymeđwlvh1.

Acevid ernadođ morđrwga myndi gwsg ngwiłt hebdwł ovathynymwd, toigid dođom nhawđ xwaith, ganvmodin trio cal cwsg miwn twł dir arth hebđrws a glaw n hedag imiwn n stod nos.

Mavin cal gav ar 1forđ mlaen rol ławro stwrastaxu digwsg. Sevođhona, trio hoi geiriargan a xodi nghanoli. Acłi aru mi đexra evo 1newiđ Simpyl.

Miwn cynuł trocinta
nd nid y troloa
danin cid trwintina
ivodon ođa.

Nd dođođim n cydio hiwsyt. Hynydi, dođoviđim n gałvedru hoir geirian iawn evo diono swneisia abału. Dođor geiria đim n cydio ynovi. Aru nhw varw n ngwđwvi. Acłi mavi wdn n hoi co am r1rał ođ Simpyl dihoi argoeđ n stod 1nos sbelnol.

O o o.
Dwin v1ig heno.
O o o.

Dođor geiriana đim n cydio xwaith hiwsyt, nd aru mi wthio mlaen r1vath mnd igal hiwbethma ineud gidalnos, evo xydigo hoi Miwn cynuł trocinta argan acevid xydigo O o o bobihyn.

Acervmodin łanwr twł cvo swn vngeiriargan, acerbod glawn frydio imewn acn neud hiw swn bax dipl dipl slwx slwx velma glawn hedag ar vwdn ineud, ođovin reidsiwr vmodin clwad hiwswnrał evid. Hiwbethma no debig i lais, ahwnan hoi gair ariganih1.

Mavin dwad i hau aci gasgl.
Mavin dwad evo marw nvsax.
Mavin dwad nsiarad vmarwol iaith.
Mavin dwad i hoir marwoling iti.

7 d r o s 1 0

Ma efron weɗol wlibsop miwn twł dir arth miwn rardal siɗevid n ɗir arth n deiml go hyvaɗ.

Doɗom dibod nhawɗ goraɗ n lehwnan hanargwlyxu, n stwrastaxu acn hoi poen am hynałałarał. Nd hiwsyt hiwvoɗ aru mi vynd i gwsg n niwaɗ. Toigid, man debig ma xydig iawniawn ogwsg oɗo, xos oɗovin vlinadeg nadwy rol efro.

Aminan goraɗ n lehwna, arwaelod hcndwł heb drawsbren nadrws, mavin dexra meɗwl acovyn imivh1 tybad pwoɗor 1 oɗ dibodn biwn lehwna. Acovyn wdn pabethma oɗ didigwiɗ iɗovo. Debig bod Anghau didwad evoi sax ahoir marwoling ir hengradur, pwbinag oɗo. Dcbig ivoɗon goraɗ nigłaɗvwd nymyl n hiwle. Eła twł hiw ɗynas oɗo, ahitha ɗipenivynu codi a mynɗona a madalarardal. Disymud i Fwrɗ iviwacaros tair łc hwna sin dudraw i Fwrɗ.

Acwrthimi veɗwl am rardal hyveɗ a benigna sin dudraw i Fwrɗ, dmavin ista ivynun binsith, nvlin igid evovivh1, xos oɗovi dibodn goraɗ ynymwd n lehwna n hel acn casgl hiw syniada a dyxanamygion am hynałał, nłe neudbarod i gan lin helva Jac.

Acłi mavin pisio nghornal twł a byta tam aid o gig six osax ac wdn oswisgo a hoi trevn ar vmoga. Bynhyni gałvedrai glwad hiw dwrw acevid swn, velsana niver ndexra cynuł tan neudbarod am hiwbethma. Aru vi gropian arvmol ivynu i adwir twł a gorađ n lehwna amsbel n gwrndo. Ac wdn panođor twrwn dexra mynd nuwx acn uwx mavin hoi mhen ałan or twł hiwxydig a sbion novalus oroxorioxor. Ałvedraim gweld nebnadim. Ođor swn nmynd nbełax ifwrđ ođiwrthavi ački mavin codi mhen ałan ortwł ngyvgwbwl, ac wdn dexra codi nuwx acnuwx nesvmodin gałvedru gweld hiwbethma. A dma aru mi weld, cevna niver o dwłđynion n cerad ifwrđ ona, nmadalarardal acn cerad ir gwiłt.

Ođon nolamwg bodr helva dicyxwyn. Dođ nebiweld nymyl, ački aru mi godi arv1ion a dexra can ulinhw, nmyndn weđologyvlam ervmodin myndn ostaw evid, n stelcian acn snician. Nd mavin dyxran n nadwy wrthweld hiw1 n sevył nymyl hiwdwł nsbio arnai. Mavin međwl vmodi dical vnal abod y cwbwlot didodiben.

Nd byndałt, Mai ođ n sevył nlehwna, nymyl eithwłih1, n sbio arnai evo hiw xydig o wendeg ar igwynabhi. Dođnam arwiđo Bob a dođovimn sio ovyn iđihi xos dođovim am neud 1hiw swn ogwbwl. Ački aru mi neud hiwstum bax arni, ntrio hoi gwendeg noliđihi, acifwrđavi ir gwiłt, n can lin helva Jac, a minan myndn stelciax nostaw.

Vel ebisi, can ulinhw ođovi, sev stelcianmynd rol ucevnanhw, ački ałvedraim gweld niawn. Dođom n bo sib imi weld Jacih1 hidnoed. Biđa 1hiw1 hanarcał n gałvedru deud cał i neb ac eb bod Jac ar i wain ačlin cerad ovlaen pawbrał. Didwad nstelcian velna iweld Jac ođovi, sgwrs, acłi calhidi fordrał o gerad a stelcian ođor 1ig đewis. Aru mi arosnłe amxydig a łygadgrafur tir ar weđ. Ođor helvan cerad arhid hiw lain gohir ovwd a ođ n gogwyđolawr xydig, evo hiw godi adir nhedag nymyl ar1oxor. Aru mi benivynu ma dna ođor 1ig obaith, acłi mavin cerad amvol wisgaxevn amxydig cyn troi a stelcian nogyvlam draw i oxorał y codi adir ođ n hedag nymyl y łain ođ n forđ ir helva.

Dođovim n gałvedru ugweldnhw bełax, acn sicr dođonhwđim n gałvedru ngweldi xwaith. Acłi dmavin hoi paid am snician a stelcian a dexra hedag morgyvlam agođovin gałvedru amsbel nesvmodin međwl vmodi nymyl uhelvanhw. Aru mi aros nr1łe a gwrndo, agwiragair, mavin uclwadn dwadnublaena roxordraw ir codi adir.

Acłi mavin hoi vy moga ilawr a xropian arvmol ivynu ac ivynu nesvmodin gałvedru sbio drosdop a gweld y łain iselna roxorał.

Dna lchwna ođoulhw, n đwadmlaen nuhelvanhw, 6 o dwłđynion ar u boga, Bob nuplithnhw, n can lin 1rał od nmynd ar i wain iđanhwgid. Sevođhwna, Sam. Bronimi staxu, gorigeg ahegu, cymintosiom ođo imi weld ma Sam anid Jac ođ nmynd ar i wain.

Nd mavin gweld wdn ubodnhwn can lin hiw gradur bax, ndebig i lygmor ndivodon vwi odipin acevid xydign wanal oran siapałiw. Gwyn ođo, evo hiw smotia brown macw arnovo, nłe bodn łiw mwd vatha łygmor. Gostal abodn vwi na łygmor oran ivaint, ođ igoesavo xydign hirax acevid ođ igynfon nvyrax acn vlewog nłe bodn

111

noethacnhyƚ vel cynfon ƚygmor. Aru mi sylwi evid vod ibenon ƚolwanal, a hiw olwg n ilygaidavo ođ n vwi tebig i đin naci lygmor.

Aru mi sbio a ƚygadgrafu wrthiđanhw đodmlaen acwdn mynd heibiovi ac, ia, gwiragair, ođor twƚđynion ođon hel n can lin pabethmabinag ođor cradurna. Vo ođ nmynd ar i wain iđanhw. Vo ođovo. Jacih1.

Cynpenidim, ma Jac n troi xydig or ƚain a hedag at han or codi adir a dexra neud swn vatha hiw1 n peswx, nd nuwx acn neisiax.

   Arx arx arx.

Ođovin synio bod arx Jac nvwi tebigi siarad naci beswx, xos ođon nolamwg imi vodna styr a nod iđovo.

Ođor twƚđynion dicodi uboganhw n neudbarod ilađ, nd cynir1 hononhw gal cyval i luxio gwewyr fon, dma Jac n hedag nol atanhw evo ƚygmor nigego, nvarw acn barod ir sax. Acn binsith, mavon hedag nol ir 1han o vwd a snaflu ƚygmoraƚ ođ n trio ihegluhi ona.

Ganvmodin ƚolsicr ma Jac ođor cradurna, aru hiw gyfdro gydio ynovi, acƚi mavin hoi paid amhoi co am 1hiwberig. Hebimi lawnsylwi pabethma ođovin ineud, mavin codin v1van a sevyƚ imi gal gweld Jac nmynd drwibethavon weƚoweƚ.

Axynimi gal gav ar gyval i eb caƚ i neb wrthavivh1, aru 1 or twƚđynion ngweldin sevyƚ velna ardop y codi adir acmavon hoi gwaeđ uxel aryƚiƚ.

Dwim n gwpo ođonhwn daƚt pwođovin binsith ta

oďonhwn meďwl mai hiw dwłďin cwbwlo dir arth oďovi, nd aru pob1 wanjacson arwani Bob godi ivogo a neudbarod inłaďi. Wel sgwrs oďovi digadal vmogavh1 arwaelod y codi adirna, acłi sevył n łolwaglaw oďovi.

Aru hai hononhw ďexra hoi camnes neu2 atai, ndaliďal uboganhw nbarod inłaď. Dath Sam ir tublaen wdn a xerad gwplax o gaman nes atavi nar łił. Oďon nolamwg ivodon gwpo bynhyn pwoďovi, nd toigid oď n daliďal i wewyr fon velsa am hoir marwoling imi. Mavin meďwl am hiw xos vod ilygaidavon vwi tebig i lygaida łygmor, abodna vwi o ďin ac ol iaith n łygaida Jac ernadoďonďin.

Wanta,

ebovo,

miwti dimynd nerbyn pob hynałał aru mi ebthoti. Ma hanar vmeďwli am dylaďdin binsith n lehwn.

Oďon ceradn nes acn nes, ndali hoi camnes acndal i siarad,

Iawir. Sbiadi arymwd dandydraedi. Man debig ma dygladvwd dh1 iwr mwdna.

Oďovi hwng 2veďwl, scvnginta troi a hedag ifwrd nerthnhraed, acnail trio tavodneisia evovo acaxub vmywyd velna. Ganivodon sonam vwd abału, oďovi arvin gorigeg aceb,

Wel danigid ndwadovwd ginta acevid danigid nmyndivwd loa,

ganhoi gobaith biđa xydigor Parxacedovn n hwplaw, nd cynimi gal cyval i hoir geiria o mhen i ngheg, dma Jac nhedag ivynu atai, n neud iswnbaxo.

Arx arx arx.

Dwnim ođovin hoi co am babethma aru Mai iđeud thai ta ođovin can lin gređav, nd aru mi blygulawr atovo a hoi ław arnovo. Dma Jac nsymud velsan hoi sbonc nerbyn vławi acłi mavin iwag su xydig a hoi mwytha iđovo velna. Ođon nolamwg ivodo wrthivođ acłi mavin neud mwi. Ac aru mi đexra tavota cidhevovo evid.

Wanta, Jac, dmani,

ebisi, ndalihoi mwytha abału iđovo,

dmani, 1bax goglen witi, ndwt, Jac.

Ganivodn sboncian gymint imewn in 2lawi, mavin penivynu hoi cwts amdanavo acwdn igodi at ngwynabi. Ođna hiw deiml bravgynasviw ynovo, a xynpenidim mavin igwtsovo imiwn ingwynabi. Aru Jacynta đexra tavodneisia evovi niforđih1, sevođhona, łyvu ngwynabi evo idavodo.

Bynhyni, ođ Bob dihedag ivynu nymyl Sam.

Nani, Bob,

ebovo,

ma Jac wrthivođagEd. Ma nolamwg i bawb hononi.

Nd mar din dir arth ma dimynd nverbyni r1vath, Bob,

ebo Sam, ilaiso xydign łai mosodol, erivodon daliswnion wedolovlin.

Rorgora, Sam, nd obax, obax biahi. Dwimn credu bida Jac nohof hononi osdanin neud hiwbeth cas i Ed. Sbia di arnanhw.

A dnani igid n sevył n lehwna amnhir. Sam n łygadgrafu arnai evoi lygaidabaxo acn cravbenu. Bob n siosial,

Obax, Sam, obax,

acevid,

Xwarteg, Sam, xwarteg,

n i glusto bobihyn. Jac n vłyvu acn sboncio drostai. Aminan myndn vwi acn vwi nabydus evo Jac velna.

Rol sbelolew, ma Sam n gorigeg to ac eb,

Rorgora, Bob. Vidi Pen a Band Rardalama a dma vhynałał. Ma Ed ndodnol cidhevoni. Gałvedr hwplaw Jac mhob helva velod Dain ineud cynivarw. Nd nwanal i Dai, nłe biw nhwł Mai a Bob, acnłe biwnr hendwł gwagna lehwna odo nosneithwr, bidn haid idovo aros nhwł Jac cidhevovo gidalnos acevid gidalamsar n stod did osnadiwn mynd iwiłt arhelva. Dwi am igloi nhwł evo Jac velrał. Acłi osdio a Jac n gymint o frindiada, man gałvedru biwn lion vatha Jac nesilhononhw varw.

8 d r o s 10

Acłi dmavin biw nhwł Jac. Ac ibobibwrpas, mavin biw velma Jac nbiw. Tydi drws twł Jac đim vel 1hiw đrwstwłrał dwi digweld orblaen. Nłe clymu ławro đarna obrena bax cidhevoigili neu gwplax o đarna o brenamawr dical gan snaxwir i greu 1drws mawrsolet, aru nhw glymu darna obrena bax evo tyłabax hwngđanhw. Aru 1hononhw đeud bod Dai digalwr drwsna n siat, tan jat, tan giat neu hiwbethma velna. Digweld 1 tebig n lehwna sin dudraw i Fwrđ pan aru o vyndna igal Jac. Acn wanal i mbał đrwstwł dwi digweld evo clo ariduviwn, vel drwstwł No ac Ivi er ang haift, ma clo ar đrwstwł Jac arduałan. Blawni, man debig i gloiarił dwi digweld, hynydi, man đarn o bren gogri evo twłbax nđo acwdn mana đarnrał ar dam aid o gortyn sin mynd drwir twłna igloirdrws. Nd vel ebisi, mar cloma arduałan drwstwł Jac acłi ođ Sam ar łił n gałvedru cloi Jacamina imiwn.

A dna siđ dibodn digwiđ. Danin2, sev Jacamina, n cal myndodwł panma Jacn mynd ar i wain miwn helva, nd velrał danin sowndnhwł. Leialoa dwin cal diono amsar i hoi vhanas miwn sgwenyđiaith nvebargo điđhwn lehwn. Aru 1 or twłđynion renw Sias sin mynd cidhevo Sam ibobman đeud dlasanhw gymid vmoga, sev v2 wewyr fon, acevid vsaxi, ac ođ Sam n hiwveđwl bodhynin syniad ođa. Nd aru Mai a Bob đeud velrał, a hoi awg ar urymnhw nadođon iawn.

Erivodn biw vatha Jac,

ebo Mai,

nid Jac dio, nd twłđin. Acłi dlasavo gal cadw pethmas twłđin.

Bebinag,

aru Bob hoi argynfon geiria Mai,

savo amdrio dydarodi evo 1 oi voga, Sam, man debig biđavo dineudni cynhyn.

Acłi mavin evonhoł bethmas a Jac nhwł Jac rowndiril điđanos osnadanin mynd arhelva ngwiłt. Adag helva, vi iwr1 sin cerad evo Jac ovlacn pawb, aJacn mynd ar i wain iđanhw acn calhidi lygomor mhobman. Sgobananwil, 1da dio am galhidi lygomor evid. Argyxwyn ođovin međwl bod rawhiđ n siosial niglusto, n dcud mhale ymwd ođonhwr łygomor. Nd rol xydig o amsar n hel cidhevoJac acn łygadgrafu ariđuło, mavin dexra međwl ivodon calhid iđanhw evoi drwin. Xos man codi drwin acn neud hiw stumia abału evovo bobtro n1ion cyn calhidi lygmor. Acłi aru mi benivynu ivodon gałvedru uhoglanhw obeł, n1ion veldwin gałvedru ogla Alam obeł pannaviđom diaxub cyval i gymid diład ifwrđ a gwlyxu nglaw nesivodon lan. Mana hiw ogla sin deudtho nhrwini bod Alam nweđolo agos, acłi haid bod hiw oglan deudtho Jac bod łygmor no agos evid.

Velarv, rol calhidi 1 ma Jacn dexra tyłu evoi 2law. Hynydi,

i2law dublaeno, nid i2law duolo. Axydig rol dexra tyłu marhen lygmor ntrio dengid ona, nd ma Jacn isnaflu ivynu nigego miwnxwinc bob1tro. A dna điwađ arnovo. Ma Jacn snaflwr hebiail.

Mbałwaith ma on cal hidi nythva hononhw, acłi man snaflu 1 neu 2 hononhw au łađ, nd mar łił n hedag isgamosgam ibobman, acwdn danigid n codi gwewyr fon a neud amdananhw. Gama vi iwr1 sin cerad evoJac arvlaenhelva bobtro, dwin cal 1neu2 hononhw velarv. Acłi bynrail helva ođor twłđynion igid n dexra tavodneisia acn tavotan neisiax to cidhevovi. Sam hidnoed rol hiw xydig. Velswnin dexra bodn nabyđus cidhevonhw acn dexra bodn han ourardalnhw, ervmodin cal nghloi nhwł Jac rowndiril ohid.

1tro pan aru Jac gal hidi nythva o lygomor, ac rolini lađ pob1 wanjacson aru drio hedag ifwrđ, ma Jacn myndnol iwtwłnhw a dexra tyłu evoi 2lawvlaeno to. Ođovo velsan gwpo bodna hiwbethma ođonwerth acnxweil igal n lehwna ilawr n đwvyn ynymwd, acłi mavin penivynu hwplaw Jac ahoi vmoga ilawr a dexra tyłu evon2lawina, sevr1ig 2 sigeni. Ac rolxydig manin cyrađ twłbiwmawr a hwna diłanw evo łygomorbax. Ođorhen lygomormawr dihedag ifwrđ a gadal uplantnhw n lehwna ngwaelod utwłnhw. Ma Jacn dexra usnaflunhw, bobn1, bobn2, wrthivođ evorhołhwyl, ac bynhyn ođor łił didwad a dmanhwn dexra łađ łygomorbax evid au hoin usaxanhw.

Rorgora, ebisi no staw duviwn imivh1, nd mana gynigor a gair i gał ałvedrai hoi. Syniad ođa ođo evid, nd mavin cadwr syniad imivh1 nłe iđeud argoeđ ibawb n lehwna. Po sib biđavin hoir syniadna mewn sgwenyđiaith nvebargo hiwbridrał, nd mana lawro hanasrał iw hoi arhynibrid acłi biđn haid ihwna aros nesvmodin cal cyval i siarad sgwenyđiaith eto heb gymint iw hoi ar bap ir.

Bebinag. Velna ođor dyđian mynd. Helva bobdiđ, nd velrał Jacamina dicloi nhwł Jac. Ođonin2 dimyndn frindiagora bynhyn. Ođovo wrthivođ evovi orcyxwyn ganvymodin tavodneisia cidhevovo acn hoi hiw sylw amwytha iđovo velođ Dai nineud ers sbelnol. Nd gannbodnin biwacnbod cidhevongili điđanos bełax, ođoni didexra siarad iaithrał cidhevongili, sev dałtwir iaith. Adeudagwir, swnin awg ar vrymi vmodin siarad dałtwir iaith nwełoweł cidhevoJac naneb bynhyn. Hynydi, neb ers inhad varw a xal ihoi ymwd. Ođovin vwi nabyđus evo sytamođ Jac bełax nagođovi evov frindiagora hidnoed, sev Hal a No ac Ivi. Swnin deud ma vi ođ frindgora Jac bynhyn evid, xos ersi Dai varw dođ neb nrardal dibodn idrino r1vath, ndn hiw gadw hidvraix blaw panođonhwn myndarhelva.

Ođovin hoi poen am faith vmodin goro cyvriamvol pawb nol n Rardalama, sev pawb od didwadna i siarad n wciniaith 2weđ newiđ, evo Non Ben a Band aminan Barxacedovn n siosial cał i neb iđovo. Acłi muvin synio am fordmlaen igal madalarłena amyndnol. Toigid panođovin myndi gwsg bobnos, a Jacn gwag su nverbyni acn hiw gwtsovynu velna, amina wrthvmođ evo teimlgynas Jac drwirnos, acn efro bencintar diwrnod evovon łyvu ngwynab abału, ođovi hiwsyt n credu bodaros cidhevo Jac nobwys evid. Mavin ebthaivivh1 vod rawhiđ amđwad hiwdro a siosial cał i neb a doeth i neb imi acangđos forđmlaen imi neud y2, sev cyvriamvol pawb acevid neudniawni Jac.

Rol 5 diwrnod a 5nos n biw velna cidhevovo Jac mavin myndi gwsgdrwm 1 nos. Cwsg reidneis, evo Jacn gynas acn gysur nvymyl arhoł boen am hynałał n myndovi. Nd dmavin sbio ar hiwbethma drwi nghwsg wdn. Sev vmodin cerad ymwd ngwiłt cidhevo Jac, dim nd nin2 hebr1 twłđinrał. N cerad acn cerad, mlaen ac mlaen. Nd erbod Jacn codi drwin bobihyn, dođnam sonam lygmor n n1łe.

Rol sbelolew, ma Jacn codi drwin a dexra siarad velmavo,

Arx arx arx.

Agwiragair, ođna hiwbethman symud obeł drwir mwd. Rolimi sbion wełoweł a łygadgrafu, mavin gweld ivodon hivawr ivodn łygmor. Daliđwad ođo, ndwadn nes acn nes. N cropian arivol ymwd. Ođon nolamwg bynhyn pwođo, acłi mavin gorigeg aceb velhyn,

Wanta, Jac, dwin nabyđus cidhevovo. Angsal dio.

Acwdn dmani, sev Jacamina, n hedag drwir mwd igyvair Angsal. Nd ođor mwd n glynu ardroed hiwsyt, nbaxu acn dal acn neudini vyndn radeg, radeg. Erivodon cropian arivol acernbodnin2n hedag, ođ velsavon myndn gyvlamax nani. Wrthini đodnes n radeg, mavin gweld ivodo hebigist, acłi mavin međwl ivodon dis cwl ngweldi to acwedi hoi gist miwn łe cyn cuđ n hiwle covn vmodin modagymago acaxub cyval isbio imewn iwgisto.

Panođonin đigon nagos atovo acyntan đigon nagos atani,

mavin hoi naid a xal gav arnavo a dexra modagymago, aJacn mynd arx arx arx gidalramsar ođonin mynd rowndarownd ncwfian acn cafian ynymwd.

Nd aru mi gal gav argora arnovon niwađ acista arnovo a gav nibeno aceb velhyn,

Mani to, Angsal. Dwim disbio arnati ers sbelnol, nd mani heđiw.

Da iawn, đin bax,

ebovo, ndeud pob1 gair n radeg, radeg, velsan trio gwastraflu amsar,

ma heđiw n henair cyva. Nd heno ydio, nid heđiw.

Dođ geni r1 dewis nd mynd cidhevovo acovyn,

Pabethma di hcno a heđiw pandwin sbio drwi nghwsg, Angsal.

Oxorał heđiw di heno,

ebovon radeg, radeg,

ac ma heno n henair cyva, r1vatha hediw.

Rorgora, Angsal, nd pabethma dir golana n rawhir osnadiwn heđiw.

Nid gola diđ sin goleuor henvwdma, nd gola sin dwad o hiwlerał.

Wanta, par1 sigenti dan dystyrdi, Angsal, hiwlerał evo 1 bax ta Hiwlerał evo 1 govawr.

Haid bod Jac, hynydir Jac ođ n vsbiodrwinghwsgi, didexra

cal gav arlondivolo o siarad velna, xos aru o đexra eb arx arx arx to, n cyfdroigid acn hoi naidasbonc n nhymylni. Acłi mavin gorigeg a thrio dwadago imewn intavotani evid.

Weldi, Angsal, dwi dicalhidi Jac ordiwađ, acdanin2n frindiagora bynhyn evid.

Amavin međwl vmodin reidgał acam iguror troma, acłi cyniđovo gal cyval ihoi atab, ebisi vwi, sev,

Cyncyxwyn, dwin gwpo bod ganđovo 2enw. Sev Jac Rws. Po sib ma henair cyva dio, sev Jacrws. Adna ni, Angsal, dwin wybyđus evor henair cyvana nbarod, velwel di, hebiti đeudthai. Acłi nłe tavota amni dwi amiti hoi atab neu2 imi am hiwbethmasrił.

Nd dođođim morhawđani iguro Angsal velna. Mavon gorigeg n radeg, radeg to ac eb,

Dydi Jacrws đimn henair cyva, đin bax. A dydi o đim n đin xwaith.

Miwni, Angsal. Man nolamwg bod Jac no wanal i dwłđin acevid i snaxwir Fwrđ aci 1hiw đinrał sin cerad mwd, mansiwr. Bedio osnadiwn đin.

Cidio, đin bax.

Abedici, Angsal.

Wel, đin bax, dwi am ihoihi velhyn. Ma pob Jacrws n gi, nd tydi pob ci đim n Jacrws.

Ođovin gwiłtian byni, aganvmodin dalibeno hwng v2law, aru vi sgwydasiglan iben nogaled agwaeđu arnovo,

Begebst di styr hiw siarad velna, Angsal.

Acmavon tynu nhyđ ongavali adeud,

Ma siarad n henair cyva evid, wsti,

acwdn nhavluvi ođiarnovo velswnin blent 1 bax.

Haidbod Jac dimyndi gyfdro, xos ođon gwaeđu niforđih1 bynhyni evid, nmynd,

Arx arx arx raga raga arx arx.

Acaru arxarx Jac đwadami i efro, xos ođon siaradłi cidhevovi noiawn gystal a siaradłi cidhevovin vsbiodrwinghwsgi. Pencintardiđ ođhi, acarđexra ođovin međwl ma dna naxos Jac drosdrio vefroi. Nd novuan dathn nolamwg imi ivodon triu deud hiwbethmarał thai, xos aru mi sylwi wdn vodna ufaro gyfdro aswn ogwmpas duałan. Ođna dwrw nadwy, nmyndn vwi acn vwi. Swn twłđynion n staxu acn gwaeđu, swn traednhedag, swn ođn dwada hiw deiml cidhevovo. Tciml bod perigacovn dicydio nrardal. Teiml bod perig ardroed ymwd, perig ahwnanvawr.

9 d r o s 10

Aru mi neudbarod nbinsith. Ganvod Jac ndalivynd arx arx arx gidalramsar, mavin troi atovo aceb,

Wanta, Jac, haid ini neud hiwbethma nogyvlam. Haid ini galhidi forđmlaen acagorhen đrwstwłma.

Eła bod gan Jac syniad ohan sytođ neudhyni, eła ivodon trio deudthai evid, nd arx arx arx raga raga arx ođor cwbwlot ođon gałvedru iđeud aryprid.

Acłi mavin cydio nrws adexra isgwyd nogaled. Nd, gwiragair, cynpeniđim ma łais Bob oroxorał,

Obax, Ed, obax. Gadnlonyđ imi iagoro ixi.

Miwnxwinciad ođoni2, sev Jacamina, dihedag ortwł. Gałvedrai Bob symudnogyvlam am đin sin weđolohen, acođo ditroi a dexra ihegluhi byn ini đodałan ir gola, nd mavon galwnol drosisgwyđo velhyn,

Haid ixi vyndoma i hiwle saf, Ed. Dwiam nol Mai a dengid evid.

Daru mim sbio arnovo n hedag ona, ganvod diono bethmasrił iwgweld velrał. Ođ hiw gwfasanvarth diłyncu rardal. Ođhin nolamwg nsith bodna lawro đynion dir arth aruboga dihoi naid amlehwna a mosod. Eła bod 3hononhw am bob1 odwłđynion rardal. Cwfasanvarth, r1 mwia imi iweld ri oed, ri oed. Cig a lavan, adeudagwir.

Aru mi weld niverođynion arlawr nugwaednhw, mbałl
nhoi gridvanacox, mbałl ngwbwlstaw nivarw.

Ođna 1gwfas nagos nadwy i lehwna ođoni duałan i dwłJac.

Erbod igevno atani gałvedrai weld ma Sam ođna, a 3
ordynion dir arth ntrio neud amdanavo evou gwewyr fyn,
Samyntan troiuboganhw acn taronol evoi wewyr fono.
Ođ 1rał n gorađ nymyl traed Sam niwaedo acnivarwo, nd
daru mim gweld pwođo nahidnoed osođon 1or rardal tan
1 orhai dir arth ođn mosod. Mavin sylwi wdn bod Sam
didwad iwhwistronhw hag cyrađ twł Jac. Sgobananwil,
ođon cwfio evoihołnerth. Acyntan đin govawr a gogri
evid, ođhynin ławriawno nerth.

Dlaswn vod ditroi iwhegluhi ona nsithbin, nd ođna
hiwbethma am ucwfasnhw ođn nalin sownd n lehwnan
sbio arnanhw. Velswnin gweld Anghau ih1 nagor isaxo
acn angđos imi babethmas ođon ucadw duviwn iđihi ar
teiml sio gweld duviwni sax Anghau n grivax narovn.
Acłi mavin gweld Sam n hoi peń iwewyr fon nsownd
nmwnwas 1 hononhw, ahwnan hoi hiw waeđacox
dyxranłyd a disgwin ilawr. Ałvedrai Sam đim dynu ivogo
ałan ogorf yłał nsith, acłi mar 2rał naxub cyval. Aru 1 daro
Sam nivraix nesbod iwaedon twałt nodrwm ona acwedn
panaru Sam droixydig idrio neud hiwbethma amhyni mar
łał nidaro nivolo, a Sam n hoi sgrexvawr vatha

Naawwg.

Mavon gołwng gav arifono a xal gav ar wđwv r1 ođ
didarovo nivol, ai lusgo ilawr irmwd, n modagymago,
arłał nhoi sbonc macw ntrio taro Sam to evo ivogo hebdaro
ifrindo.

Diono hyna, ebisi thaivivh1, acłi mavin troi i gyvairał a dexra hedag, Jacn hedag nymyl nghoesavi.

Ođovin sio xwilio am Bob a Mai, nd toigid ođ gređav ta eła rawhiđ ndeudthai dlaswn vyndona nbinsith hebaros. Ođ velsa Anghau diagor isax ledben bynhyni, ar marwoling nhedag macw droslehwna igid vel glawtrwmn dodilawr acn gwlyxu pobdim.

Dođo Jac đim nmynd arx arx nambid ogwbwl, nd cadw ibenilawr a hedag nvymyli. Hedag, hedag, nbełax acn bełax ir gwiłt, swn cwfas nmyndn stawax astawax duolini, a mnd mbał waeđ neusgrex ncyrađ nghlust ohid.

Aru ni hedag nesnbodnin hivlinadeg iđalatin hedag mwi, nghegin gorad aminan trio łyncu rawhir acevid ceg Jacn gorad ai davodhiron hongian ałan, bron n cyrađ ymwd.

Mavin trio cerad nłe hedag, ini gal dalatin symud ir cyvairał, nd ceradn radeg, radeg, nbaglu acn boglu ođavi.

Amavin sylwiar hiwbethma radagna. Sevođhyni, faith bodr Haulih1 dimangđos. Amavin cravbenu xydig a hoi co am aru đicwiđ gint amavin sylwi ivodo dibod ałan ersini đodortwł, nd vmodi dibodn hibrysur nhoi poen am Anghau ai varwoling isylwiar rawhir ar Haulih1. Aru mi drio ovyni rawhiđ ibabethma ođor Haulih1 n mangđos ih1 adag cig lavan. Mavin ovyn pavatho arwiđ ođhwna. Acar r1ion adag ođovin dexra troiat Jac acovyn iđovo hwplaw synio, mavin clwad hiwswn duolini athroi.

Ama ođ 2 or twłđynion dir arth n lehwna, ndwad ar nholani. Ođ gwewyr fon nław pob1 acođ 1 hononhwn dal hiw bastwnbax nilawrał evid.

Eła ma gređav ođo, eła rawhid, nd dmavin symudn gyvlam hebvedwl amdanavo. Aru mi ołwng 1fon irmwd nymyl nhraedi, a neudbarod iluxior łał, sevy łuxfon. Mar 1 evo pastwn a gwewyr fon n dexra neudbarod ineud r1vath a łuxio atai, nd aru mi luxio ginta. Łux nadwy ođa ođo evid, xos ath pen vngwewyr foni imewn iw wdwvo.

Velna aru Anghau siarad ivarwol iaith evor din dir arthna. Aru o discwin iwbenaglinavo, iwaedon twałt or twłfon ni wdwvo, acevid od gwaedn twałt oi gego. Ođo digołwng gav ari 2vog bynhyn, acođon codi i2law, velsa am dynur łuxfon oi wdwv, nd cyniw 2law gyrad ođon syrthio ilawr ymwd nivarw.

    Arx raga arx,

ebo Jac nvymyl, wrthimi blygun gyvlam a xodi vmograł, sev y fonbraf evor pen med hal od Hal dineud or hengrairna. Bynimi godi to a neudbarod ođor łał dicyrad, nhedag velsa digwiłtian rolimi lad ifrindo.

Ođon dinmawr, nvwi olawr namina, ernadod morvawra Sam man haid ivodo leialoa morvawr a morgri a No. Ac1 gohyvad ođo evid, ganvod blcwibcno accvid blewiwynabon goxigid. N gox vel gwaed. Ođna hiw goxni dros idiład clwt evid, nd nid blew od hyni nd gwaed hiw1rał. Eła gwaed hiw 2ncu3rał ođo, ganvod cimint honovo drostovo, velsa idiłado dineud o grwin łygomor cox nłe crwin hai łiw mwd vatha pawbrał.

Adeudagwir ngwbwloblaen, ođo velsa dihedag nsith ałan ogeg sax Anghau. Tasar varwoliaith n din nhytrax nabodn iaith, mansiwr geni bidahin mangđos nodebig ir dinmawr cox gwaedlydna, nhedag n wiłt atai evoi vog n i law acevo vmarwvh1 nsgleinio n i lygaidavo.

Acłi dna lehwna ođovi, ntrio ngora ineudbarod, ar dinmawr coxman hedag atai, i wewyr fon ni2law, n benivynol ohoir marwoling imi.

Arx raga arx,

ebo Jac ardopilaiso, nhoi sbonc macw, acn neudbarod n iforđih1, velsar dinmawrcox n lygmor acynta am isnaflu ivynu ai lađ.

Nd vi aru ilađo, nid Jac. Mavin hoi cambax wisgvoxor ar1ion adag agođonymyl acn taro, acłi ath pen iwewyr fon heibio imi odrwx ław axydig. Wdn aru mi hoi camrał imi gal ineudoniawn, acwdn cyniđovo gal cyval idroi mavin idaro n i oxor evo ngwewyr fonina. Agwiragair, athr hen ben med halna ođ Hal dineud imiwn iđovo nhawđ. Nhawđ acn đwvyn, velswni dihoihi ynđwvyn ymwd. Dwim n gwpo par1 ođon ineud, trio troi atai tan disgwin, nd ganivodon symud dođom nhawđ imi đal gav ar vngwewyr foni. Nd hiwsyt aru mi đal gav ndyn arvmogi, acn gostal ani, aru mi igwthiohi mhełax imiwn iwgorfo acevid hoi troi arnihi r1prid nesbod ifen med hal n hasglu acn cravu ogwmpas dumiwn iđovo. Acwrthiđovo đisgwin ilawr dma vngwewyr fon n dod nhyđ oi gorfo ordiwađ, n neud hiw swn smaxsmyx vatha hiw1 ntynu idroed ovwdgwlib.

Acłi nlehwna ođo, n gorađ ymwd, iwaedih1 n twałt or twłmawrna nioxoro, n cid hamaru acn cidamygsu evor coxnirał ođ drostovo igid.

Dwim nsiwr ođovi diclwad hiwswnrał vatha hiwhairił n

dwadnes acnes, ta mnd clwad nghanolnh1 n curo no galed duviwn imi, nd mavin troi a dexra symud to, heb hidnoed vynd inol vłuxfon o wđwvy dinmarwrałna.

Haid bodrhoł varwoling dihoi hiw sboncornewiđ imi, xos ođovin gałvedru hedag to rolni. Acerbod idavod ndal i hongian ałan oi geg, ođ Jacn hedag nvymyli evid. Acłi dna ođanin2, nhedag drwi vwd gwiłt, noli gyvair Rardalama acn gadal Anghau ai gig lavan duolini.

10 a 10 to

Arur Haulih1 mangđos ih1 drwir điđ, iwynabon sgleirio acn sgleinio ar rawhirlas n mestyn acn mestyn a dimbid nd cwplax o gymyla baxgwyn iwgweld. Dođovi ri oed digweld cyminto rawhirlas n vmywyd ac dođovim n gałvedru cal gav ar istyro. Osođon arwiđ, arwiđ o babethma ođo. Bod rHaulih1 wrthivođa xig lavan. Bod rawhirlas ac Anghaun cerad cidhevoigili. Dwimn credu hiwsyt bodhynin wir. Ervmodin ovanc ohid dwi digweld diono viwamarw i wpo bod Anghaun dwad cidhevor glaw acn stelcian drwi vwdgwlib hanvwiar amsar.

Gostal afaith bodna vwio rawhirlas nagođovi digweld gidal vmywyd, ođna hiwbethmarał ođn newiđ imi. Dođoviđim diłađ neb orblaen ri oed. Ri oed, ri oed. Teiml gohyvađ ođo evid. Amina dihoir marwoling i2 dwłđin dir arth, mavin međwl ivodon bethma nođrwg acevid nođa ar1prid. Ođa xos ođovin cal biw ohid acevid ganvmodin viw ođ Jac ariforđ iRardalama i hoi atab irhoł đis cwl amdanavo. Ođrwg xos ođon anođ imi hoi paid am adal ihiw đrygni gydio ynovi. Sgwrs ma drygnin deiml sin deud dyvodi dineud hiwbethma đleti đim dineud. Vel cymid bwyd odwł hiw1rał hebovyn iđovon ginta. Aru mi synio wdn bod hoir marwoling ihiw1 no debig, nd ivodon waethowaeth olawr. Xos

cymid bywyd witi radagna, sev cymid hiwbethma
ałvedridi đim ihoi nol hidvith.

Acłi wrth gerad drwivwd gwiłt cidhevo Jac, ncravbenu
am hynałał, mavin penivynu eb argoeđ hiw eiria dros
bawb ođ dimarw gna, y2 ođovi diłađ n u plithnhw.

Trocinta viđ troloa ac evid troloa viđ trocinta.
Cinta viđ loa ac evid loa viđ cinta.
Acłi mlaen, mlaen, rowndiril hidvith.
Ma pob1 honon n dodiviw am drocinta ymwd
ac ma pob1 honon nmyndnol ivwd niwađ.
Pethmas sin dodovwd dani acłi pethmas sin
myndymwd dani evid.
Mwd si trocinta a mwd viđ troloa.
Hwn si cinta viđ loa evid.
Men a men.

Daru Jac đim eb r1gair arwani arx bobihyn.

Rolini gerad miwn staw wx amnhir, mavin dexra tavota
cidhevo Jac to. Xos erivodn siarad miwnforđ łolwanal
ivi, ndcud ławrombid arwan i arx ac erf acevid raga
raga bobihyn, toigid ođovin gwponiawn ivodon dałt
vngeiria. Ođovin hiw vcdwl vmodin dalt ulyr u nod
isiarado bynhyn evid. Ervmodin sio gweld Hal a No ac
Ivi to, sio ugweldnhwn nadwy, dođovim n gałvedru hoi
paid am synio ma Jac ođ v frindgorai bełax.

Ođovin hoi poen am Mai a Bob n nadwy ohid acłi mavin
tavota amhyni cidhevo Jac.

Wanta, Jacbax,

ebisi, xos ođovi didexra i alwn Jacbax weithia. Hiwsyt

dođorenw Jacrws đim dicydio ynovi, acłi mnd Jac tan Jacbax ođovin i alw panođonin2n tavota velna.

Wanta, Jacbax, mana hiw đrygni ynovi herwiđ faith nbodni digoro gadal Bob a Mai n lehwna.

Arx,

ebo Jac.

Man deiml nadwy, adeudagwir. Nadwy iawn.

Erf arx,

ebovo wdn.

Nd dnani. Ođonhwn sio nbodnin2n dengid ona velna, acłi dna velmahi. Man hi berig ini vyndnol a xwilio amdananhw. Hi berig olawr.

Arx raga arx.

Acłi rol tavota cidhevovo am bobdim ođ didigwiđ aceb argoeđ velna sytođovin synio amdanavo igid, aru mi benivynu trio hoi geiriargan iđovo.

Ma Jacbaxn anwil imi,
Ma Jacbaxn anwil imi,
Frindneisia, frindloa,
R1 sin frindgora,
Ma Jacbaxn anwil imi.
Arx arx.

Gwiragair, ernadođovi ditrio orblaen ri oed, gałvedrai hoi geiriargan broncistala Simpyl. Acođ Jac wrthivođ, n sgwyd igynfono acn hoi hiw sbonc bobihyn acn m1o arđiweđ evoi arx arx ih1.

Hiwsyt hwng pobdim dođođim moranođ calhid ir forđnol i Rardalama. Eła bod rawhiđ n hwplaw, eła ma Jac ođn hwplaw evoi drwin, eła mavi ođn hoi co amforđ. Bebinag, dođnam haid i ni vyndi gwsg ngwiłt troma vel panođovin cerad oRardalama irardalrałna trocinta. Po sib bodr Haulih1 n hwplaw evid.

Acłi panođor diđ ndexra dodiben ar Haulih1 n i heglu drosvwd dunolini, manin dodile ođovin nabyđus cidhevovo. Toigid, ođon mangđos n łolwanal am sawlxos. N ginta, dođovi ri oed digweld cyminto olahaul n vymywyd orblaen, acwrthiđovo iheglu drosvwd amadalani, ođor Haulih1 n hoi hiw ola łiw cox drosbobman. Acmavin synio amdano, n trio cal gav ar istyr ai nod a međwl eła ma hoi co amrhoł waed ođ ditwałt bencintardiđ ođo.

Ma pob1 twłđin n gwpo am vaxlud. Styr maxlud velarv iw gweld golan myndoma dunolir cymyla. N myndir 1 cyvair bob1tro, seviwhyni arđiwađ pob1diđ. Dna n1ion iw maxlud, diwađ golardiđ. Nd gama gola sin mangđos ih1 drwi gynvas o gymyla łiw mwd iw golađiđ velarv, hiw varw nostaw iw forđ golađiđ ovarw adag maxlud. Gola łiw mwd n myndn łai acn łai dunoli gymyla łiw mwd, twyłwx n dodn vwi acn vwi, y golan symud ir1 cyvair bobtro, sev cyvair maxlud, ar twyłwx n dwad or cyvairał. Nd troma ođor Haulih1 n mangđos ih1 adag maxlud, n sbloets acn sbleniđ igid, nhoi hiw ola łiw cox drosbobman. Coxni morgri a mordlws nesbod vnghanolin dexra brivo. Nid maxlud golardiđ n1ig, nd maxlud golar Haulih1, ai goxnin hoi co am gig lavan bencintardiđ. Mwd cox ganolar Haul n hoi co am vwd ođon gox ganwaed.

Gostal ani, ođ Rardalama dinewid novawr. Velarv panwitin dodnol idwł rol bod arhelva ngwiłt miwitin gweld 1 łinynovwg ncodio 1twł n Rardalama. Eła 2 linynovwg ncodio o2dwł. Troma ođ mwi o linyna ncodi ovwio dyła nagođovin gałvedru hoi cyvri amdananhw. Acłi bynini đodnes acn nes mavin gweld bodna lawro dyłanewiđ dineud n rardal ersimi vyndoma amadal. Ławriawnmwi. Debig bodhiw 7neu8 twł ambob1 ođ n lehwna cynimivynd.

Acođna 7neu8 o dwłđynion ambob1 evid, xos roli hiw1 n gweldnin cerad ałanowiłt ođna niveranvarth ođynion n hedag atani. Gałvedrwn weld Hal a No ac Ivi a Simpyl ac Alam ar łił ođovin nabyđus cidhevonhw, acevid mbał wynabnewiđ ođovin hoi co amdano ernadođovi dical cyval iđysgu renw cynmadal. Nd ođna lawro hainewiđ evid. Ławriawniawn. Pob1 wanjacson disymud iviwacaros ganubodnhw diclwad amn weiniaith 2weđ ni a didwad i đis cwl amir Parxacedovn iđodnol evo Jac. A dna n1ion ođn digwiđ wrthimi a Jac gerad ałanowiłt, gola coxr Haulih1 nsyrthio drosvwd mhobman oncwmpasni.

Aru ławr hononhw hedag atani a dexra cerad n nhymylni, pawb nweđolo agos actoigid ncadw hiwxydig ifwrđ herwiđ parxacovn.

Ođorhoł gyfdron neud i Jac hoi xydig oboen, xos aru o đexra hedag macw hwng vnghoesai n gwaeđu arx raga arx ardopilais nesivodon grox. Acłi mavin penivynu styn vngwewyr fon i No aflygu igodi Jac ai garion vmreixiai.

Obax, Jacbax, obax,

ebisi thovo, aiđalon saf velnan vnghovlad.

Cynini gyrađ twłcinta Rardalama, dma Simpyl n dexra
hoi geiriargan,

    Miwn cynuł trocinta
    nd nid y troloa
    danin cid trwintina
    ivodon ođa.

Ođon nolamwg ivodo didysgur geiria ibawb, xos
dma pob1 wanjacson n dexra m1o ahoi geiriargan
r1vathago,

    Ac man gynuł gowanal
    viđ lchwn n namal
    a weiniaith n gostal
    sin ođa igal.

Acłi dna hiw bethma newid rał, 1rał miwn diwrnod
diłanw evonhw. Adeudagwir, manwerth acnxweil imi
arosn lehwn a hoi cyvri ambob1 pethma newiđ aru
đigwiđ heđiw.

Nginta, aru mi weld cig lavan, sevr1 mwia ri oed.
Acnail, nidn1ig vmodi digweld cig lavan, ndevid ođovi
dim1o ynđovo a lađ 2 đin. Wdn, mavin gweld mwior
Haulih1 ar rawhirlas nagođovi disbio arnovo gidal
vmywyd, acevid gweld hiw olahaul cox hyvađ acevid
hyvrid điweđ điđ, sev maxlud golar Haulih1. Acn loa,
dmavin clwad mwio leisian hoi geiriargan cidhevoigili
nadwi diclwad ri oed. Swnneis nadwy evid iw clwad
cyminto leisian hoi geiriargan n 1łais 1sain velna.

Ođo velsar swnneisnan myndivynu ir rawhir. Nmyndivynu acn symud evorgwynt, nmynd mlaen acn mlaen igyvair gwiłt acn xwilio amr Haulih1 ganivodo dimadalani amynd i hiwle bynhyn, dimadal a gadal dimbid ariolo nd xydigo liw cox arymwd.

1dros10a10to

Dwimn sio hoi ilawr ar bap ir bob1 pethma aru ɗigwiɗ rolimi ɗodnol evo Jac.

Sgwrs oɗna gynuł nbinsith, 1 cyni hwis ahwnan vawr, sevymwia avu ri oed. Oɗn gyval imi sonam Jac ai hanas thobawb.

Oɗor hołdwłɗynion oɗn biwn Rardalama bełax velsanhwn sio myndn nabyɗus cidhevoJac nd toigid n cadwdraw xyɗig herwiɗ parxacovn. Nd ganivoɗon nolamwg imi vod haid iɗanhw gal gav ar hiwbethma viɗan hoi styr a nod Jac iɗanhw, dma vin penivynu dysgu pawb i hoi geiriargan nyduł oɗovi dineud panoɗanin2n cerad ngwiłt.

Ma Jacbaxn anwil imi,
Ma Jacbaxn anwil imi,
Frindneisia, frindloa,
R1 sin frindgora,
Ma Jacbaxn anwil imi.
Arx arx.

Oɗ Simpyl dineud hai geiriargan newiɗ bynhyni evid. Hain sonam Jac. Hain sonam Barxacedovn. Hain sonam Jac acevid Parxacedovn. Mbał 1 n enwi Angsal evid.

Gidalramsar ersimi ɗodnol oɗovi dibodn meɗwl acn synio amhoł hanas Mai a Bob a Jac a Dai. Oɗorhanas oɗ

Mai diebthai am Fwrđ n neud imi veđwl nadođor łehwna morneis agođovi dimeđwl orblaen. Hynydi, erbodna lawro bethmas reidneis iwcal nFwrđ acerbod pobol Fwrđ nbiw miwn hiwbethmas sin wełoweł nathyła, toigid dođor hai ođn Bena a Bandia n lehwna đim n đynion goglen. Ođonhwn trion higaled igadw twłđynion ałan ouhardalnhw acevid ndeud gormo o hynałał am sytma biw abału.

Nd arlawrał, ođor łehwna siđ dudraw i Fwrđ nswnion wełoweł olawr. Hynydi, ođorhoł hanas aru Dai eb tho Mai a Bob n neud imi veđwl velna. Sbanonin blent 1 ođovi disio symud iviwacaros i Fwrđ i gal oswisgo velma snaxwir Fwrđ noswisgo acevid igal biw miwn hiwbethma arwani hendwłgwlib. Miwnforđosiarad, Fwrđ ođ rardalora ymwd igid ivod. Nd bynhyn mavin dexra credu velrał a međwl mar łehwna siđ dudraw i Fwrđ iwr ardalora ynymwd igid, xos dođođim n ymwd ogwbwl, nd ar hiw godi adir anvarth evo mwio gerrigmawr namwd n i dir ar weđ. Bebinag, osođ Jac didwad o lehwna, haid ivodon ardal obenig.

Acłi miwn cynułrał 1tro mavin sonam Lehwna Siđ Dudraw i Fwrđ, acwdn aru Simpyl hoi geiriargan amdanavo a dysgur łił iwneudo evid.

Sgwrs ođovin mynd ihela ngwiłt cidhevo Jac, aJacyntan mynd ar i wain ir helva bobtro. Rol xydig o amsar nbiw velna điđanos mavin hoi co amysyniad aru mi igal pan ođovin hel evo Sam ai đwłđynion. Sevođhwna, ysyniad đath imi pan aru Jac gal hidi nithva gyva o lygomor, evo nivero haibax nswation lehwna ngwaelod utwłnhw.

Dma ođor syniad, cal Jac inhwplaw i gal hidi lygomor biw

aucymid auhoi nsax ndalnviw adodanhw nol nviw velna. Wdn neud tyłabax evo drysabax sin cloi a xadwr łygomor biw velna iviwacaros cidhevoni n Rardalama. Hoi xydig o si rwmia a xaboits idanhw ivyta a gadal idanhw gal hai bax acwedn gadal ir haina gal hai bax, acłi mlaen acmlaen. Od n haid ini hoi mwd gogaled evo diono gerrigbax abału n u tyłanhw iwcadw hag tyłu ałan a dengid, nd aru ni ixalhiniawn niwad.

Acłi nłe hel łygomor ngwiłt dmanin utyvunhw n Rardalama bronvel danin tyvu caboits. Miwnfordosiarad, ma łygmor dimynd nbethma tyvgertwł nhytrax nabodn bethma hel ngwiłt. Aninan utyvu, neun u hau acn u medi, velmadeud n mbał dwł. Hau a medi łygomor nłe uhelanhw dani bełax. Man haws olawr acn gadal mwio amsar i dwłdynion hau caboits a neud hiw bethmas dodathrevnidwł abału. Ma mwio amsar i gynuł aci siarad aci hoi geiriargan evid. Acłi ma bywyd nmyndn wełoweł odidid lehwn.

Gostal ani, mar snaxwir ndodma bobihyn i snaxu acma diono gig iw feirian genoni bobtro.

Ma geni lawro bap ir acevid mbał ben sil newid bynhyn ganvod nsnaxunin mynd morda. 1tro dma No n tavodvina evor snaxwir velhyn,

Wanta. Man nolamwg bodgenoni hiw 10 din ar i vog o ambob1 sid didwad cidhevoxi oFwrd. Acevid ma hendiono bethmas iw snaxu aciw feirian lehwn wan, acłi osnadaxi novalus mividanin gwrthod snaxu cidhevoxi n y dyvacodl.

Amar snaxwr hetiog n gorigeg ahoi atab,

Rorgora, nd osdaxi amvodvelna, eła biđwnin penivynu hoi paid am đodma vithto. Ibabethma viđwni osdaxi amvod morgaled ani.

Wanta, dwi am đeudthoti,

ebo No, nwendeg igid,

dwin hiw veđwl bod n lehwn vwi o đynion ar u boga na siđ nbiw n Fwrđ belax. Acosdaxi đim n dwadn reidneis ohid veldanin sio ixineud, eła hiwđiđ biđavin penivynu mynd ar vwain ir hoł đynion sin biwn lehwn, pob 1 wanjacson. Acwdn byđwnigid ndodi Fwrđ ar n boga ni. Eła penivynu gweld osdanin sio biw nFwrđ nłe aros nRardalama. Pwawir. Acłi manwerth acn xweil ixi neudsiwr nbodni wrthnbođa veldani arhynobrid. Man wełoweł neudsiwr ma snaxyđiaith iwr iaith danin isiarad nhytrax nar varwoliaith.

Velna aru No hoi bogwth i snaxwir Fwrđ, a dođođim nvogwth gwag xwaith ganvodna điono voga duol iđovo.

Acłi ma bywydn Rardalama dinewid ngyvgwbwl, diolx in weiniaith 2weđ ni, sev Non Ben a Band n penivynu sytma snaxu a sytma cadwtrevn aryrhoł dyła abału, aminan frindgora Jac acn siosial cał i neb a doeth i neb nghlust No. Gostal ani, mavin hoi syniada i Simpyl bobihyn am hiw eiriargan newiđ, er mwin ibawb synio ubodnhwn myndn nabyđus cidhevo Jac aihanas velna. Pob1 wanjacson wrthivođ, hwng cal diono bethmas gan snaxwir Fwrđ acevid hwng teimlneis cynuł a geiriargan. Pawb n sonam Jac ar Parxacedovn ar Łehwna Siđ Dudraw i Fwrđ.

Nd dođovim n łolsiwr bynhyn. Hynydi, erbod pawbn sbio arnai vely Parxacedovn abału, dođovim n credu vmodin gałvedru clwad rawhiđ n siosial n nghlust bełax. Hiwdro n stod ngherad ngwiłt acevid nrardalrałna ođovi didexra drysnu hwng łais rawhiđ a łais gređav, sev v łaisvh1 n deud cał i neb a doeth i neb ivivh1. Ođo dimyndn gymint o đrysnu, dođovim nsiwr vmodin gałvedru hoi co am sytođ łais rawhiđ n swnio bełax hidnoed.

Acevid dođovim disbio ar Angsal drwi nghwsg ers imi đodnol evo Jac. Ođ velsa rawhiđ acevid Angsal n cadwdraw ođiwrthai evoigili hiwsyt. Gostal ani, dođor Haulih1 đim dimangđos ih1n ersini đodnol, aglaw ndwadilawr han vwiar amsar velarv.

Acłi ođna hiw dciml hyvađ ɴhoi plwc duviwn imi bobihyn, hiw deiml gogymysgadrysys. Xos arłław ođovin valx nadwy nbodni dimynda Rardalama i levalrał. Hynydi, ođonin siaradn weiniaith 2weđ newiđ miwnforđ ođn uwxsymud pawb accvid pob1pełhma. Velsa pobdim nmynd owełiweł. Nd arlawrał, ođna hiw laisbax duviwn imin siarad hwistedig iaith evid. Anłaisivh1 ođr łaisbaxna. Xos crbod pobdimrał nwełoweł narhyn ođo dibod, ođovi velswni dimyndnoli amsar cynbod rawhiđ acevid Angsal n meldami. Noli amsar cynvmodin Barxacedovn. Toigid, đođ ncbrał nsylwi, acłi ođ pawb n nhrini evor1 parx acevid r1 ovn. Nd ođovin dałt acłi ođ hiw đrygni ynovi, hiw deiml vmodin cymid hiwbethma obwys ganbawb.

Sevođhyni, y gwir.

2 d r o s 1 0 a 1 0 t o

Aru mi efro 1pencintar diwrnod xydignwlipax nararv hidnoed, xos ođ dibodn glawion drwmodrwm gidalnos, ar glawn hedag n frydlonfrydvawr odan drwsnhwł acn neud pwł ariwaelod odan nhrawsbreni. Acłi mavin gori łygaida a dexra ebthaivivh1,

Mavi, noln amsar gowlib acevid noln r1 henvwd.

Nd cynimi gal penloardeud, sev,

henvwd,

ałanongheg, dma Jacn hoi naid arnavi adexra tavodlyvu dros ngwynabigid. Aru mi ista ivynu ahoi cwtsmawr iđovo, acynta ndali lyvu ngwynabi gidalramsar.

Miwitiniawn, Jacbax. Nidr1 henvwd sima xos dwin efro nhwł cidhevoti.

Toigid, siarad hiw hwistedig iaith ođovi ohid, acevid nmeđwl vmodin cymidygwir ganbawb ganubodnhwn credu vmodin siosial cynigor rawhiđ nghlust No, ar rawhiđ heb đwada meldami ersamsar bełax. Ođovin gwpo bod hiwbethman bod evovi, acođovin dexra međwl ma cal vnal hwng 2bethma tahwng 2le ođo. Po sib deud ma teiml o gymysgwx ođo, velođovi ar r1ion adagna n gałvedru teiml cymysgwx o 2vatho đwr, sev n ginta dwrglaw oer n vngwlyxu, acwdn nail, dwrcynas łyviad Jac ar vngwynabi. Eła dna od dineud imi benivynu vmodi dical łondvmolo siarad hwistedig iaith rowndiril velna.

Acłi mavin penivynu melda Hal am xydigo davotanobwys. Odor glawdrwm distegu bynimi gyrad twł Hal, nd odorhen gynvasgyva o gymyla łiw mwd nmestyn drosrawhir ohid. Nd od Hal didexra tanbax n i dwło acłi odon oda igal ista axynhesu xydig n lehwna cidhevovo. Od Jacn ista ardrawsbren Hal hwng Halamina, acn gadal iHal hoi mwythabax idovo bobihyn, aHalyntan hoi geiriargan daniwynt acevid nostaw,

Ma Jacbaxn anwil imi,

nd ineudo hanarihanar odo, sev mnd evo cwplaxo eiria acvelrał nhoi can hebeiria, ar swn nłithro acn xwibanu ałan drwir tyłamawr ni gego łeodor daint dibod panodon din ovanc.

Aru Hal sbio arnai bobihyn evo hiw olwg n ilygaidavo, velsan govyn imi siarad. Gorigeg. Deud. Eb. Tavota. Dodovim n gałvedru neud r1 hononhw, mnd ista lehwna nostaw. Acłi dis cwl aru Hal, n hoi geiriargan daniwynt acn sbio arnai wisg ilygaidavo bobihyn.

Rolini ista amsbelolew velna, mavin gorigeg a goriganol. Ebisir cwbwlot thoHal. Pobdim am vhwistedig iaith acati. Ehisi evid vmodin credu vmodin cymid hiwbethma gobwys ganbawb, sev y gwir, ganubodnhwn medwl bod rawhid aceła Angsal nsiosial n nghlusti amina hebglwad smic odiwrth r1 hononhw ers sbel.

Aru Hal wrndo arnavin ostaw, nsbio ar y tan acn hoi hiw

vwythabax i Jac gidalramsar ođovin siarad acn goriganol velna. Wdn mavon codi lygaida asbio iviw nłygaidaina a gorigeg ordiwađ.

Wanta, Ed, ełabod ławrohynin wir, nd haid iti hoi paid amveđwl 1pethma gobwys.

Bedihyni ta, Hal,

ebisi, miwnforđ ođn weđolosurbwx ma arnaihovn, ganvod nghanoli dimynd morisel bynhyni.

Ebavi thoti, Ed. Ebavi. Haid iti hoi paid am veđwl nadwitiđim n Barxacedovn dimwi.

Sytłi, Hal, osnadiw rawhiđ acosnadiw Angsal n meldami. Sytłi, Hal, osdir Haulih1 vithn dwadi rawhir pandwin sio iweldo.

Wanta, Ed, miwti disyrthio imiwni hiw vwd caxlyd n lehwna.

N1ion, Hal, dna aru mi ebthati,

ebisi, bronvelswnin tavodvina evovo, amina morhwistedig.

Ma dałt dim arnati, Ed. Manođrwg geni đeudni thoti gama ti iwr Parxacedovn, nd man wir. Ma dałt dim arnati. Leialoa ma dałt dim ohanrhyn dwin sio iđeud thoti.

Acmavon cymid ilaw ifwrđ oJac aihoi ar vsgwyđi, ilygaida ndali sbio iviw vhai ina.

Ebisti dyvodin međwl nadwitin hoir gwir ibawb. Ibodhi velsatin cymid hiwbethma gobwys bobtro witin gorigeg. Panođ nhad niviw ođon hoi hiw air benig arhyni. Twiło. Oɗon deud ivodon debig irgair twł gama neud twł ihoi hiwbethma ynɗovo ma hiw1 panman twiło, velsavon ihoi miwn łe cyn cuɗ. Nd nid twł iwr łe cyn cuɗna, nd twiło. Cymid y gwir aihoi orolwg miwn twł velna.

Iawnta, Hal,

ebisi, nghanoli ndaln oisel,

miwti dihoi renw irhen deimlma. Rorgora. Twiło. Mana ɗrygni ynovi xos dwin twiło pawb. Nd dydio cal renw ɗimn neud imi godi nghanol ogwbwl.

Obax, obax, Ed,

ebovo, n gwag su vsgwyɗi xydig,

dwim didodiben to. Haid iti stewi a gwrndo arbobdim ebavi wan.

Aru o ɗis cwl amxydig ineudsiwr vmodi dicau twłnghcgi niawn. Acwdn mavon gorigeg to.

Ebisi ma twił dihyni, nd nid twiło witi, Ed. Ðim ogwbwl. Xos Parxacedovn oɗoti accvid Parxacedovn witi. Adeudagwir, Parxacedovn viɗidi hidnes ma hiw1 ndyhoidi ymwd. Nesi Anghau ɗwad atati agori sax ahoirhen varwoling iti. Po sib ma Parxacedovn viɗidi rolni hidnoed, pwawır.

Roliɗovo stewi amxydig asymud igego velsan xwilio amrhołɗaint oɗodicołi, mavon gorigeg to ac eb velhyn,

Wanta, ebisti vod dyganoldi n oisel xos dydir Haulih1 ɗim n mangɗos ih1 iti. Witin gałvedru hoi co amrhyn aru iti ebthaivi 1waith, sev dyvodin hoi poen am oro cyvriamvol pawb, anhwythan međwl bodr Haulih1 n mangđos acn sgleirio o dwłdygegdi tao dwłdydindi.

Aru o stewi wdn velsan dis cwl imi hoi atab acłi mavin neudni.

Ndw, Hal. Man govus geni vmodi dideud hyni 1tro.

Ac wdn dma hiw olan sboncio n i lygaida, ahiw wendeg ndwad dros iwynabo, n angđos hoł legwag igego arxydig đaint ođ genavo ohid nsevył ałan iwgweld n glir vel creiria bax nsgleinion ymwd.

Nani, Ed. Xos miwti didexra međwl n1ion velna dh1. Seviwhyni, međwl dyvodin gałvedru neudir Haulih1 mangđos odwłdydindi acwdn siomin nadwy osnadwitin gałvedru neudni. Dnar mwd caxlyd aru ti syrthio imiwn iđovo. Hynydi, nid twiło dynionrił iwr caxvwdna, nd twiło dh1.

Aru Jac godi ahoi sbonc ac eb,

Arx raga,

velsavon m1on ntavotani, acłi mavin igodi aigwtso, ervmodin dali wrndo novalus arHal.

Xos dleti wpon wełoweł bynhyn, Ed. Dleti đałt faith ma velrał man mynd.

Ac mlaenavo, nhoi styr a nod novanwl imi.

Haid hoi co am faith bo Angsal n gwpo iveđwlih1. Acłi erdyvodin gałvedru modagymago ałusgo geiria ałan oigego, dwitim n gałvedru neudiđovo siarad ambobdim witin sio siarad amdanovo. Miwitin dałtni niawn bynhyn. Acłi evid rawhid arHaulih1. Gwrndo amedwl astyriad ustyrnhw acevid unodnhw witi. Dna sin dyneudin babethma witi. Hyni acevid faith dyvodi aJac n frindiagora. Hyni igid sin dyneud pabethma witi, acnid faith bod olar Haulih1 n sgleinio acn sgleirio odwłdydindi. Xos dydiodim. Haid iti hoi co amhyni, Ed. Oswitin neudni, vidididim nmynd morganolisel n y dyvacodl.

Aru o gymid ilaw odiar vsgwydi wdn a xodi amynd i gornelidwł. Odna sax ohiwvath n lehwna, acmavon ihagorhi a styn hiwbethma bax imi adeud,

Bebinag, Ed. Aru Łew gal hidi hagor o si rwmia gweld panodoti ifwrd.

3 d r o s 10 a 10 t o

Acłi dna lehwna ođovi n stod nos wdn, n sevył arvwd ngwiłt nghanol golardiđ, ahyni eribodhi nghanol nos amina nghwsg nhwł.

Nidn1ig golardiđ ođo, ndevid gola gogri a gosgleirvawr. Ganvodr Haulih1 nsgleinio morgri velna, ođor mwd nsyxu acn newid, amavin gweld łiwia acevid patryma ynymwd nadođovi digweld utebig ri oed orblaen. Ođ Jac n lehwna cidhevovi, acođon sbio ilawr velsavon sylwi ar liwianewiđ acevid patrymanewiđ ymwd evid. Eła ma snifian rol ogla hiw lygmor ođo, nd toigid ođn mangđos velsan sbio acn styriad y mwd, r1ion 1vath ami.

Gan nbodnin sbio ilawr velna acn styriad acn synio amrhoł batryma ałiwia newiđ, daru nim sylwi amsbel bod Angsal n lehwna evid, n cropian arivol ymwd acn dwad incyvairni. Dim cist evovo, acłi mavin eb thoJac,

Nani, Jacbax, man haid ivodon dis cwl n gweldni, xos ma dihoi igist miwn łe cyn cuđ nhiwle.

Dma Jacn hoi sbonc a hedag atovo ahoi naid amdanavo cynimi gal cyval ineudni. Acłi bynimi gal gav ar Angsal, ođ Jac wrthin modagymagon barod. Ođo dicydion 1 ovreixia Angsal gervið iðainto, acerbod Angsaln rowlian drosoðathrosoð ymwd nłusgo Jac cidhevovo, doð Jac ðim n gołwng i av arnovo. Axynpenidim oðovi dihoi naid acn modagymago evid. Rowndarownd ynymwd, anin3n rowlian bendroben, Angsal aruxa 1adag acwdn Jacamina aruxa radagrał, nstaxu acn cwfio. Acordiwað dmanin cal gav argora arnovo, evo Angsaln gorað arigevn ynymwd aJac ndal i av ar 1vraix evoi ðaint aminan ista ardop Angsal velswnin ista ardrawsbren nhwł.

Raga raga,

ebo Jac drwi iðainto.

Wanta, Angsal,

ebisi,

dwi dibodn sio dyweld ers sbel wan, acmani ordiwað ncal cyvali siarad to.

Oð Angsaln sbio arnai byuhyn, ilygaidaon ðu acevidn sgleirio, velsa hiw dan dun łosgi duviwn iwbeno acn dodona drwidyłailygaidao. A dnavon gorigeg aceb velhyn,

Iawir, ðinbax. Ac ma siarad n henair cyva.

Oðna hiwbethma amilais oðn wanal hiwsyt. Oðn govus geni vodna hiw vlas gohyvað ar i ðuł o siarad, acevid bodilaison gliriax acn ðyvnax nar1łais rał oðovi diglwad n vmywyd, nd nid troma. Nłe hyni, oðr łais oðondod oigego vel łais reidnabyðus hiwsyt. Hynydi, łais oðovin nabyðusiawn cidhevovo. Oðr henlais angłyd hyvaðna dimynd agadal łais nabyđus n i leo. Acłi mavin gorigeg acovyn amhyni.

Pabethma sinwanal amdanati droma, Angsal.

Wanta, đinbax,

ebovo, evorłais nabyđusna,

ma pobdim n wanal irhyn ođo nrhen điđia.

Ođovin međwl vmodin dałt n1ion pabethma ođon sio iđeud thai am 1waith, acođovi wrthvmođ cidhevovivh1 evid gama dmar trocinta imi đałt nbinsith panođ Angsaln deud cał i neb thai.

Iawir, Angsal, dna n1ion pabethma ođovin synio amdanavo,

ebisi,

dwi naJac ri oed digweld patryma ałiwia ynymwd velhyn orblaen.

Acmavon sbio iviw vłygaidai velođ Hal dineud gna agorigeg to.

Y bid ydio, đinbax, nid y mwd.

Sgwrs dođoviđim n dałt styrygair bid arwani panma hiw1 ndeud dimbid abału, acłi mavin ovyn,

Acwan dwim n dałt n1ion. Bedi bid. Hynydi, bedi bid benih1 hebvod n han orgair dimbid.

Y bid iwr cyva,

ebovo wdn. Aminan dexra međwl vmodin dałt to, mavin eb velhyn,

Seviwhyni, ymwd.

Ma dałt dim arnati, đin bax,

aru o đeud wdn,

xos mar mwd n han or bid, nd mar bid nvwi olawr
nar mwd.

Ođovin dexra siarad vhwistedig iaith bynhyn acłi mavin
cal gav n dinax ynovo ai sgwydo xydig,

Rorgora, Angsal, bedir hots osdion vwd tan vid.
Bebinag direnw, pabethma sin wanal amybid irhyn
ođo nrhen điđia. Ibabethma witin dwadimi idavota
cidhevovi velhyn.

Miwsti hyni, đin bax.

Agwiragair, ođ velsa rawhiđ dimeldami radagna isiosial
cał i ncb imi. Ođovin dałt forđmlaen wdn. Nłe gwiłtian
mhełax, acnłe trio łusgo hagoro eiria ałan honovo, ođovin
gwpo bod haid imi gravbenu asynio amxydig athrio łusgo
geiria ałan ohonovivh1.

Acłi dna lehwnn ođovi, n ista ar Angsal velna, a Jacn dal
i av ar ivraix, aminan cravbenu acn međwl acn trio hoi co
amhiwbethma viđan hwplaw.

Rolimi gravbenu astyriad xydig nvwi, mavin hoi co
am panođovi aHal ntrio cal gav ar styr a nod Angsal
amdrocinta. Sev radag panođ Hal dical gav ar i enwvo am
drocinta.

Man bo sib ma hiw Ang ođo osođon trio angđos
hiwbethma iti,

ebo Hal thai drona. Acwdn aru o đeud velhyn,

Man bo sib nadiwn gaɫvedru tavota ganivodon sal. Po sib bod hiw salmwx gogas digydio ynovo yn Hiwleraɫ. Eɫa hiw salmwx olehwn, dwnim.

Acłi mavin sbio iviw łygaida Angsal adeud,

Hiw salmwx dio. Salmwx siđ dicydio n y mwd mhobman.

Daiawn, đin bax, daiawn. Nd nid y mwd dio, nd y bid.

Rorgora, Angsal, ma hiw salmwx dicydio n y bid.

Ydi, đin bax. Dna n1ion sin bod.

Pabrid aru hyni đigwiđ, Angsal. Ers sbelnol.

Iawir, đin bax. Sbelnol a mwi.

Mwi o amsar,

aru mi ovyn iđovo wdn, ahiw gyfdron cydio ganvmodin međwl vmodi no agos at istyr ai nod bynhyn.

Iawir, đin bax. Mwi o amsar. Ac ma amsar n henair cyva evid.

Haid imi ovyn babethma nelo heneiria cyva ahynoł, Angsal.

Man nolamwg, đin bax. Ođor heneiria cyvan cal usiarad cynir salmwx gydion y bid. Nd manhwn brin wan.

Vel creiria ymwd,

ebisi, n hoi co am hiwbethmaraɫ.

Dnani, đin bax, dnani. Velna ma heneiria cyva miwn iaith.

Acevohyni aru Angsal vyndn gri a dexra troi, a dmavon nhavlu acevid Jac ođiwrthovo. Bynimi godi ivista ymwd asbio, dna lehwna ođo, n dexra cropian ifwrđ arivol ođiwrthoni.

Arx arx arx,

ebo Jac. Acmavin galw ari olo,

Hynydi, ma heneiria cyva iwclwad miwn iaith velma hengreiria iwgweld ymwd. Dnadio, Angsal, ia. Dnadio.

Ođo dicropian nwerođol obeł ifwrđ ođiwrthoni bynhyni, nd aru o godi ben agalw nol dros isgwyđo velna. Łais hyvađ angłyd ođor troma, velradaga cinta imi davota cidhevovo. Ođr łais nabyđusna dimadalago. Nd leialoa ođovin gałvedru dałt i eiria niawn wrthiđovo siarad n i hcnlais angłyd a hyvađ.

Dnanlion bcdio, đin bax. Ma hcnciria cyva iw clwad miwn iaith velma hengrciria iw gweld ynymwd. Ma igid am iaith. A dydi mwd nd hanvax or bid. Acma bid ynđoih1 n henair cyva evid.

4 d r o s 1 0 a 1 0 t o

Aru mi efro bencintar diwrnod wdn nsaliawn.

Ođovin međwl arđexra mar si rwmia gweld ođo, nd toigid nid salmwx ymol ođo vel trocinta aru mi ubytanhw, nd nhytrax hiw salmwx ovathrał ođn mynd drwi nghorfigid acn neud imi grynu agranu axwysu axwartu. Acevid ođovi dimynd n salymol n wеđolovuan rolimi vytar si rwmia gweld drocinta, sev n stod ynosih1, acwdn dođođim dipara morhirahyni. Troma aru mi efron sal bencintar diwrnod acaros nsal drwir diđ. Ođor salmwx velsa dicymid vnerth igid ałan honovi. Ođo velsan vsnugo ilawr irmwd acn vneudin hano waelodtwł. Aru Jac driorgora ałvedrai igodi nghanoli trwi lyvu asboncio axwtso abału, nd dođovimn neud ławro đim nd gorigeg bobihyn a deud,

Obax, Jac, obax.

Dath No isbio amdanavi ganadođoviđim didwad odwł, ac roliđovo weld sytođhi arnavi aru o vyndnol Hal. Acroli Hal đotraw angweldin gorađ n lehwnan crynu acn granu, nxwysu acn xwartu, aru ynta vyndnol Łew ihwplaw. Ođn haid iNo vyndogwmpas Rardalama wdn n neud pabethmasbenig ođon uneud vel Pen a Band, nd aru Hal a Łew aros cidhevovi a Jac n nhwłi. Bynhyni ođovi velswni ardan ar tan n łosgi iforđ drwi nghorfi.

Bedir salmwxma,

aru Hal ovyni Łew.

Ma nolamwg mar afliw dio,

ebo Łew.

Dna ođovin iveđwl, Łew. Dwi digweld salmwx
velma điono adaga cynhyn.

Eribodhin anođ imi synio a styriad, acernadođna lawro
awhiđ geni gorigeg a mlo n u tavotanhw ahoi atab
iđanhw, ođn govus geni vmodi diclwad am afliw orblaen.
Adeudagwir, ođovin hiw veđwl vmodi digal rlion
salmwxna panođovin blent 1. Po sib bod nhad dideud
hiwbethma vel,

Afliw direnw, xos dwitinn gałvedru neud
afliwođin rol iđovo gydio ynoti.

Ełar crynu ar granu nsgwyd vmeđwl ođo, eła hiwđałtniawn
ođo, nd ambaxosbenig aru mi sylwi hiwbethina.
Sevođhyni, dałt łais pw ođor łais nabyđusna ođn dwad
ogeg Angsal panođovin tavota cidhevovon vsbio drwi
nghwsgi nosneithwr. Xos łais nhad ođo.

Aru Łew vyndnol iwdwło acwdn dodnol evohiw
điodboeth imi iwhyvad acevid hiw stwns imi iwvyta.

Biđ ncymid xydigor gwres ałan honovo,

ebovo thoHal, ođ diaros cidhevovi aJac gidalramsar.

Debig ivodo dideudygwir, xos mavin sylwi wdn bodna
laio grynu agranu nsgwyd nghorf acevid dođovim n xwysu
acn xwartu gymint rolni. Acłi aru mi syrthio noli gwsg

amxydig. Nd haid vmodin efro bobihyn, xos ođovin cal gav ar gyval iveđwl xydig hwng cwsgacefro. Ganvod diodboeth Łew taeła istwnso digwthio hanolew or salmwx omheni, ođo xydig nhaws imi veđwl ervmodin nadwy owan ohid acn đaiđimbid nd gorađ n lehwnan cwtso Jac, n synio acn styriad.

Adma ođovin synio acn styriad amdano.

Faith bod łais Angsal dimynd ndebig ilais nhad. Acevid byndałt mavin dexra međwl bod hai or geiria ođ Angsal dieb thai evid n eiria ođ nhad dieb thai ers sbelnol. Hynydi, panođovin hiovanc ihoi co niawn amdananhw, erubodnhw dicydion vmeđwl n hiwle hiwsyt. Ełabod sbio drwi gwsg nforđo dyłu aco dyrxu hiw bethmas velna ałan owaelod co adodanhw i đrwstwł ymeđwl. Taeła vmodin dyxanamygur cwbwlot. Pwawir.

Adna hiw deiml gogymysgadrysys ncydio ynovi. Xos arłław ođovin sio credu ma łais nhad ođo ganvmodin dal iwgołio, igołion nadwy iawn, acn sio hanu pobdim ođ didigwiđ imi ers iđovovarw cidhevovo. Nd arlawrał ođna hiwvatho ovn. Ovn ma dna ođo gowir, sev łaisnhad, acnid łais Angsal, ahynin golygu nadođna neb o Hiwlerał ntavota cidhevovi, neb duałan imivh1. Mavin trio eb cał i neb imivh1 adeud bod rawhiđ sin meldami n łais or tuałan, nd toigid dođhynim n gysurloniawn, xos ođovi didexra synio ers sbel bod rawhiđ nperthyn i Angsal hiwsyt. Acłi mavin cravbenu astyriad asynio morđa agođovin gałvedru ineud n vngwendid velna, ntrio hoi co goiawn am nhad nsonam heneiria cyva arfaith bodymwd nhan or bid abału.

Nd ałvedraim cal gav ar go gowir ovathynymwd. Mnd hiw gymysgwxo go acevid dyxanamygu. Acevid sgwrs gav salmwx arnai ac evid symud diod astwns Łew ynovi.

Dwin gwpo vmodi dical gav ar 1syniad cynir afliw vyndn grivax a neudimi hoi paid am vsynio a vstyriad. Sevođhwna, međwl amrhyn aru Angsal iđeud cyn madalami. Ođ Łew dimynd onhwł bynhyni, nd ođ Hal acsgwrs Jac ndaln lehwna cidhevovi. Acłi mavin gorigeg asiarad eribodhin anođ.

Hal. Ma heneiria cyva iw clwad miwn iaith velma hengreiria iw gweld ymwd. Dna ebo Angsal thai nosneithwr. Acevid ebovo 1pethmarał, sev ivodo igid am iaith. Acevid ebo ma bid dir mwđ erivodon vwi nar mwđ. Acn loa, ebo bod bid ynđoih1 n henair cyva.

Amavin hoi co amfaith ma Hal ođor 1ig dwłđinrał ođn nabyđus imi ođn gałvedru siarad sgwenyđiaith vatha nhadamina. Po sib bod hai or hainewiđ ođ disymud iviwacaros n gałvedru isiaradhi evid, pwawir, nd dođoviđim ngwpo hyni acłi mavin ovyn iHal gal vmhap ir acevid vmhcn sil ahwplaw drwi hoi cwplaxo eiria ilawr erco axadal. Covn iđanhw lithro ałano vmcđwli evor salmwx abału. Covn i hiwbethma viđan waethowaeth nahynin digwiđ imi. Covn bod Anghau ih1 n meldami n stod nos acagor isax imi.

Acłi traođna điononerth ynovi imi gal gav ar istyro acevid ar inodo, a diodboeth a stwns Łew nhoi điononerth imi gal gorigeg aceb thoHal, mavin eb acn eb acn eb, acma Haln hoi vngeiria igid ilawr ar bap ir miwn sgwenyđiaith imi gal usiaradnhw to au hoi nvebargo wdn osbiwaciax.

Admanhw hai or geiria aru mi uheb thoHal,

Nginta, haid dałt mar bid iw pobdim. Tydir mwd nd nhan or bid.

Acnail, haid synio am y salmwx. Seviwhwna, salmwx nadwy aru đodma ir bid ers sbelnol amwi o amsar nol. Xos bid ođo cynhyni. Bid ođ pobdim. Nd rolir salmwx đodma dođ nebn gałvedru hoi co am y bid, mnd gweld ubodnhwn biwacnbod ymwd. Cerad ymwd. Hela ngwiłt ymwd. Cwsgynos miwn twł ymwd. Mwd n łygaida. Mwd ngheg. Dimbidrał. Adna ođ twił cintar salmwx. Ođorhen salmwx didwiło pawb ma mwd ođo igid, gan neud ibawb hoi paid am hoi co am y bid.

Acwdn, man haid styriad asynio am iaith. Xos ma igid am iaith. Eła mar faith bod bid n henair cyva nhan ohyn igid evid. Eła bodna hiw gyswłt hwng y bid acevid iaith, abod y salmwx dixwalur hengyswłtna. Pwawir.

Bebinag. Ganivodo igid am iaith, haid synio amhyni acovyn sytma acevid pavath dio. Haid ivodo igid am siarad evid łi. Po sib siarad etiveđ iaith. Po sib siarad gwibod iaith evid. Acwdn ma mbał1 vathavi aHal acevid nhad n gałvedru siarad sgwenyđiaith. Ma siarad weiniaith nforđ ođodathrevn irardal. Acma Anghau ndwad n siarad ivarwol iaith panman hoir marwoling ihiw1. Acłi mlaen ac mlaen. Ma biw acevid marw igid am iaith.

Acwdn osiw heneiria cyva iwclwad miwn iaith

velma hengreiria iwgweld ymwd, haid ovyn bedir
cyswłt hwngr iaith danin isiarad ar heneiria cyva.
Acevid hwng ybid ar salmwx.

Ođ nhad ndeud thai weithia ma darnabax ovywyd
henbobol iwr creiria ma twłđin n cal hidiđanhw ymwd
ngwiłt. Ođon deud bodr henvywydna dimynd vatha
patrwm ar vwdsix sin mynd rolir glaw đwad agwlyxu
pobdim ai olxu ifwrđ.

Acłi osdna bedi crair miwn mwd, haid bod henair
cyva miwn iaith n đarnbax or heniaith ođn cal isiarad
cynir glaw đwad ai golxu ifwrđ. Nd młe glaw ndwad
acn i golxu ifwrđ, arur salmwx đwad ai xwalu.

Ma heneiria cyvan đarnabax or heniaith ođn
cal isiarad cynir salmwx đwad ir bid ahoi mwd n
młygaidani acevid hoi mwd n ncegani. Acma Angsal n
cropian arivol drwir mwd acevid drwir salmwx iđeud
hynigid thani. A dnavo.

Acwdn man govus geni vod Hal dihoir pap ir ar pen sil
ilawr, gorigeg aceb vclhyu,

Da aru Ed eb.

Haid bod vnerth dimynd bynhyni, xos dwim n hoi co am
đimbidrał n stod ydiđna. Haid vmodi disyrthio noli gwsg
a hwnan 1 godrwm.

5 d r o s 10 a 10 t o

Dwnim pabethma oďor xos, nd aru mi vyndi gwsg nadwy odrwm acevid cwsg nadwy ohyvađ. Ełar salmwx oďo, didodnol axydion ogri ynovi to. Eła diodastwns Łew oďo. Nd dwin hiwveđwl mar 2n cwfio cidhevoigili oďo, vel panođovin cwfio cidhevo Angsal, n modagymago acn rowlian bendroben ymwd, 1 hononin aruxa 1adag acwdn 1rał hononin aruxa radagrał.

Nd daru mim sbio ar Angsal drwir cwsg gohyvađna, erimi weld hiwbethmarał. Hiwbethma gonadwy a dyxranłyd. Ałvedraim deud osođovin sbio drwi nghwsg tađim adeudagwir, xos oďo mwi velsa hiwbethman meldami a minan efro. Ganolnos oďhi, amina dibod nghwsg nd eła didodn efro amxydig. Ma lehwna oď Jac, n i gwsgo nvymyli. Acevid Hal, n i gwsgynta, nista aigevn nerbyn wal nhwłi.

Acmavin gweld drws nhwł nagor, aceribodhin daln nos duałan, oďna xydig mwio olan dodimiwn evordrws diagor velna. Acwdn ma hiwbethman dod drwi adwir twł. Siap vatha siap din. Eła xydign vwi, eła xydign łai. Eła ivodon newid siap, ntyvu acn myndn łai bobihyn wrthiđovo symud.

Bebinag. Symud oďo. N dwad imiwn i nhwł. N dwad ingyvairi, aminan gorađ n lehwna, n wan igid herwiđ y salmwx abału.

Ałvedraim gweld iwynabon iawn, mnd ilygaida, aheinin sgleirio outyła vatha tancox nłosgi. Gostal ai lygaida, od ivreixian ohyvad. Breixia hiriawn, nesubodnhw bronaxyrad ławr nhwł. 2law anvarth. Bisad hiriawn a styrbiol, vatha cynfona łygomor nd ubodnhwn hirax olawr nag 1hiw gynfon łygmor dwi digweld ri oed.

Sgwrs aru ovn gydio ynovi nogri, ovn anvarth. Hiw deiml velsar bisad nadwyna distyn imiwn imi acn cal gav ar vnghanoli. N cal gav acn gwag su. Dododim nhawd imi siarad, nd rol cal hidi xydigo nerth mavin gorigeg aceb thovo,

Nid Angsal witi. Haid dyvodin ang łolwanal. Pw witi.

Dwim nsiwr osodo digorigeg tadim, xos dodovidimn gałvedru gweld igego. Hynydi, osodna geg ariwynabo, xos dodna dimbid iw weld arwanir łygaida cox tanłydna. Acłi dwim nsiwr osodo digorigeg, nd aru o siarad. Dmai lais n łanwr twł nesbod mwd vławr n crynu odanavi, aminan synu bod Hal aJac ndal n u cwsg drwir hołswn.

Od ilaison dyvnax olawr nałais Angsal hidnoed, a dma hiw deiml nmosod arnai velsar łaisnan cyrad pob1 agsgwrn n nghorfi acn i sgwydo ai sgwdo. N gwag su vnghanoli acn clecian pob1 agsgwrn od ynovi.

Iawir, dinbax, ang łolwanal dwi,

ebovo, n symudn nes acnes gidalramsar,

1 sindwad ihau.

Acmavon hoi 1 or 2law nadwyna duol idovo a styn sax

anvarth. Ođon plygu drostai bynhyn acn dal isax evoi 2law.

Dođoviđim n gałvedru symud ogwbwl. Ałvedraim symud coes nabraix nabis, mnd gorađ n lehwna. Nd dmavin sylwi vmodin gorigeg a siarad ohid. Nghegi ođ r1ig han onghorfi ođn gałvedru symud ohid. Acłi mavin dałt ma siarad ođ r1ig forđ imi gal dengid or bisađ nadwyna ar łais dyxranłydna.

Dwin gwpon iawn pwiti wan,

ebisi, ntrio siarad velswnin tavota cidhevo frind. Ntrio mangđos vel nadođ ovn n cydio ynovi.

Ang hau witi, siđ didodma xos miwitin sio gori dysax a hau.

Aru o xwerthin wdn, hiw xwerthin nadwy ođn hoi poen n mheni,

Iawir, đinbax. Witin gwpo pabethma dwin ihau.

Sgwrs, Ang hau. Miwitin haur marwoling. Miwtin sio gori sax a siarad dy varwol iaith cidhevovi.

Dawan, đinbax,

ebovo, nxwerthin ohid,

łi haid iti isiaradhi acwdn dwad cidhevovi.

Mavin sbio iviwr łygaida coxna ac atab velswnin xwerthin vh1 acn tavodvoxa cidhevo hiw frind,

Nid troma, Ang hau. Dwi amaros n v1van n lehwn, diolx iti r1vath amovyn.

Aru o xwerthin xydign is wdn, miwnforđ ođn łai oboen imi acn swnio xydign vwi vatha frind goiawn n xwerthin argarn vnhavodvoxai.

O, tydlaen, đin bax. Tyd cidhevovi i gerad forđ Anghau, ac miviđavin angđos y cwbwlot iti. Pob1 pethma witin sio iweld acn sio iđałt. Ma ovn Anghau arbawb. Pob 1wan jacson sin biw ymwd. Haid iti drio madalago, sev madal ar ovn a dwad cidhevovi. Dnar 1ig forđ dwin gałvedru angđos y cwbwlot iti, osdwin gori sax a siarad vmarwol iaith ac oswitin isiaradhi evid a xerad forđ Anghau cidhevovi. Dnar 1ig forđ.

Dim diolx, Anghau,

ebisi. Acmavin cal hidi điono nerth i ista ivynu xydig a siaradn radeg, radeg, n neudsiwr ivodon dałt styranod pob1 ongeiriai.

Dim diolx. Nid tro ma. Be binag, dwi m n biw n y mwd. Dwin biw n y bid. Ac dwi am aros n lehwn am sbel go lew to. A dna ni.

Acłi aru o hoi camnol acwdn camrał nol ac1rał to, nesivodon divlanu drwi adwi nhwł ar drws ncau duol iđovo evo clep. Dođođim nhawđ imi vyndnol igwsg rolni, acłi mavin cadw vłygaida arđrws covn ivodon trio dodnol imiwn. Nd daru o đim, acn vuannahwirax dmavin gweld golardiđ ndexra łithro imiwn odan drws nhwł.

Aru Jac efro radagna adexra łyvu ngwynabi acevid dma Haln gori lygaida ac ovyn sytođovi.

Dwin viw, Hal,

ebisi,

dwin viw.

6 d r o s 10 a 10 t o

Dwimn credu ibodhin werth acn xweil imi hoi ilawr ar bap ir n lehwn bob1 pethma aru đigwiđ rolimi efro bencintar diwrnodna. Sev rolimi gwfio evor salmwx acevid cwfio evo Anghau. Ođovin daln wan am hai điđia rolni, ar cwbwl ođovin gałvedru ineud ođ hoi trevn ar vebargo evo Haln hwplaw a Jacn arosn oagos igodi nghanoli.

Ganvod Hal dineud vel aru mi ovyn iđovo ineud ahoi hai or geiria ebisi nghanol vsalmwxi ilawr ar đarnabax o bap ir, ođn haid imi usymudnhw or darnabaxna au siarad ornewiđ n vsgwenyđiaith vh1 n lehwn n vebargo. Wrthini siarad sgwenyđiaith cidhevongili vclna manin hoi paid amdano amxydig weithia asiarad asynio am hynałał. N vwi nadim, siarad am syt ođor 2 ang dimangđos imi arwanal adaga ac angđos gwanal styra acevid gwanal noda imi. Acar 1adag mavin gorigeg a goriganol aceb velhyn,

Dwimn credu hiwsyt vmodi am weld Angsal to, Hal. Biđavin gweld Anghau to hiwđiđ, mahyninsiwr, nd dwimn cređu vmodi am weld Angsal to.

Ibabethma witin deudhyna,

ebovo, ntrio sbio ar oxorora pobdim velmao rowndiril.

Xos ma hiw deiml ynovin deudhyna, Hal. Dwin međwl ivodo dineud inegas. Ma dideud iđeud. Ma dicropian arivol drwi vwd acevid drwi salmwx y bidma ac eb cał i neb a doeth i neb thai. A dnani. Ma dineud pabethmabenig ođon sio ineud acłi mai negeso arben.

Po sib, Ed, nd dwiti vithn gałvedru deud bith.

Eła, Hal. Dwim n hoi poen amdanavo, adeudagwir. Ma vel ma, a dna vo. Nd manođrwg geni am 1xos, haid imi đeud.

Bedihyna, Ed.

Ebavi thoti wan, Hal. Daru mim cal cyval i gal gav ar igisto asbio imiwn iđihi.

Po sib bodhynan han oi negas evid, Ed,

ebo Hal wdn, nsbio arnavi evor łygadgrafu sgleingar na.

Po sib bod Angsal n sio ini veđwl am babethma siđ duviwn iwgisto nłe angđos y cwbwlot ini.

Sgobananwil, Hal,

aru mi byxu,

dwin credu dyvodin iawn.

Acmavin cravbenu am xydig wdn i hoi trevn ar y geiria acevid iw cal nhw igid n iawn ar nhavodi cyn gorigeg. Ac wdn mavin eb thovo,

Xos dwi dibod n međwl am y 2 ang acevid am faith bod pob1 hononhw ncludo hiwbethma cidhevovo. Ma Anghau ndwad ai sax. Ac wdn ođ Angsal ndwad ai gist. Hynydi, ođon dwad ai gist cynimi đexra modagymago aneud iđovo benivynu ihoihi miwn łe cyn cuđ covn vmodin cal gav arnihi asbio duviwn iđihi. Acłi mavin synio am y

2 bethmana, sev cist Angsal acevid sax Anghau, ac mavin međwl ubodnhwn debig hiwsyt. Toigid marhyn siđ diviwn n owanal, xos marwoling Anghau siđ duviwn iw saxynta o acdwiđimn credu ma dna siđ duviwn i gist Angsal. Ndrhyn sin debig iw bod Anghaun siarad i varwol iaith panman gori sax i hoi i varwoling iti.

Sytmahynin debig, Ed. Ma dałt dim arnai wan, ma arnai ovn, ebo Hal, nsbio arnavi velsavo didrysnun nadwy.

Dma syt, Hal. Iaith. Ma igid am iaith. Osiw Anghaun siarad i varwol iaith panman gori sax, yna man debig geni vod hiwbethma sin han o iaith duviwni gist Angsal.

Ma łchwna ođoni, Hal a Jac n sbio arnavi, n łygadgrafu acn aros imi đodiben ar synio ar styriad, aminan cymid vamsar ihoi trevn arnovon iawn, nmynd n radeg, radeg. Acordiwađ, dmavin cal gav ar vngeiria a gorigeg to.

Ac dwin weđol o siwr vmodin gwpo bedio bynhyn. Dwin credu ma heneiria cyva siđ ng nghist Angsal.

Dawan, Ed, dawan. Dwi wrthvmođ ar syniadna. Nd sgwrs tosnebn gałvedru gwponiawn.

Nacos, Hal, tosneb n gwpon iawn. A bedir hots. Vel ebisti, Hal. Po sib bod Angsal n sio ini veđwl am babethma siđ duviwn iw gist nłe angđos y cwbwlot ini. Dwin dexra credu bod međwl nłe gwpon reidneis weithia. N debig i rawhiđ.

Sytłi, Ed.

Dma syt, Hal. Erivodon wix cal rawhiđ n siosial n nghlust acn hoi geiria gobwys ar nhavod, dwin međwl ivodon iawn imi veđwl a synio a styriad drostavivh1 a hoi ngeiria vh1 ar nhavod vh1. Acłi osnadiw rawhiđ n meldami vith to, biđ n haid imi wrndo ar vłais vh1 gidalramsar hidnes vmodin marw. Acma hynan iawn.

Aru mi đeud hiwbethmarał thoHal wdn. Sevođhyni, pabethma ođovin sio ineud rol myndn hołiax. Xos ođovi dipenivynu arnovo hiwbrid n stod vsalmwx. Ervmodin hiwveđwl bod No ar łił amdrio nghali inewid vmeđwl ahoi paid amdanavo, ođovi dipenivynu a dođnađim troinol.

Acłi dna lehwna ođovi hai diđia rolni, nghanol y cynuł mwia avu ri oed. Pob1 wanjacson ođn biwn Rardalama di mgynuł i sbio arnavi acevid ar Jac am droloa cynini vynd amadal. Xos dna ođovi dipenivynu ineud. Madala Rardalama amynd iwiłt a xwilio am Lehwna Siđ Dudraw i Fwrđ. Eła ma rawhiđ ođ disiosial n nghlust a deud ma dna đlaswn ineud nesa, nd dwin hiw veđwl ma vłais vh1 ođo.

Erbod pawb n nadwy odrist n ngweldin madal velna, dođ dim haid i Jac aros iđanhw igid vynd owełiweł n y dyvacodl. Ođonhwn tyvu mwi o lygomor miwn tyła bełax nagođonhwn gałvedru ucal drwi hela ngwiłt ac ođor snaxu evor snaxwir nmynd ufordnhw drwiramsar bełax evid. Acn gostal ani, dma Non Ben a Band hebiail, n siarad

weiniaith miwn forđ ođ wrthvođ pawb. Erubodnhwn
međwl bod haid iđanhw gal Jacamina n han or cyva,
ođovin gwponiawn bełax mar syniad n1ig ođo. Hynydi,
syniad am styr a nod Jacamina, dna ođo, nid cal Jacamina
n lehwna cidhevonhw ohid.

Acođna điono fyrđ ođal gav ar nstyr an nodni evid. Er ang
haift, hoi geiriargan velhyn,

Ma Jacbax n anwil imi.

Acevid ovynacatab vel ođ Hal didysgu pawb ineud
bynhyni,

Pabethmas siđ duviwn i gist Angsal.

Tosneb n gwponiawn, nd mar Parxacedovn n
međwl ma heneiria cyva siđ ng nghist Angsal.

Erbod ławro hononhwn međwl bod haid ncalni goiawn n u
mysgnhw acevid n u canolnhw, ođovin gwpo bod y syniad
n1ig n neudtroniawn. Acođovin hiw gredu bod Jac ngwpo
hyni evid.

Agwiragair, cyn ir cynuł dodiben arur Haulih1 mangđos
iwynabo a styn xydigo rawhirlas ini. Acłi mavin gorigeg
ac eb argoeđ thonhw am droloa velhyn,

Nani. Dwi dieb thoxi bob1 pethma sin obwys n
barod. Haid ixi hoi co am Jacamina a biđ Jacaminan hoi
co am lehwn evid. Velwxigid, danin mynd i xwilio am
Lehwna Siđ Dudraw i Fwrđ, xos dwin credu ivodon le
sin wełoweł. Osdanin cal hidiđovo acosdanin gałvedru
dodnol atoxin viwacniax, miviđanin siwro neudni
adeud thoxigid am sytle iwr Łehwna Siđ Dudraw i

Fwrđ. Nd osdanim n gałvedru dodnol, tosnam haid ixi hoi poen am n syt an mođ ni. Biđ međwl am Jacaminan neudtroniawn.

Ma Non hoi cam mlaen wdn ac eb velhyn,

Da aru Ed eb. Men a men.

Acwdn aru pawb ođ n lehwna đeud evo 1łaismawr,

Men a men.

Arx arx,

ebo Jac wdn, velsavon deud men a men n i đuł ih1.

Ac wdn mavin codi ław cyn troi a madalanhw. A dna lehwna ođoni, Jacamina, n cerad ifwrđ ir gwiłt. Ođor Haulih1 n sgleirion ogri bynhyni, ar mwd didexra syxu a myndn galed dandraed. Gałvedrai weld patryma bax n styn macw mhobman arwynab ymwd.

Acwrthi Jacamina gerad n bełax acn bełax ifwrđ ir gwiłt, mavin clwad swn duol ini. Sevođhwna, łeisian codin 1łais 1sain, n hoi geiriargan.

> Miwn cynuł trocinta
> nd nid y troloa
> danin cid trwintina
> ivodon ođa.

Y Dŵr

"Nofel ysgytwol a gafaelgar sy'n wahanol
i ddim a ddarllensoch o'r blaen"
John Rowlands

Lloyd Jones

y Lolfa

£8.95

Pygiana
ac
Obsesiynau
Eraill

Mihangel Morgan

y Lolfa

£7.95

Am restr gyflawn o lyfrau'r Lolfa, mynnwch
gopi am ddim o'n catalog
neu hwyliwch i mewn i'n gwefan

www.ylolfa.com

lle gallwch archebu llyfrau ar-lein.

TALYBONT CEREDIGION CYMRU SY24 5HE
ebost ylolfa@ylolfa.com
gwefan www.ylolfa.com
ffôn 01970 832 304
ffacs 832 782